KB078301

# 낭인천하

무림낭객 (武林浪客)

백야 新무협 판타지 소설

人天下

# 낭인천하 3

백야 新무협 판타지 소설

초판 1쇄 찍은 날 § 2013년 2월 1일
초판 1쇄 펴낸 날 § 2013년 2월 5일

지은이 § 백야
펴낸이 § 서경석

편집부장 § 권태완
편집책임 § 박우진

펴낸곳 § 도서출판 청어람
등록번호 § 제1081-1-89호
등록일자 § 1999. 5. 31
어람번호 § 제2-2304호

주소 § 경기도 부천시 원미구 심곡2동 163-2 서경B/D 3F (우) 420-822
전화 § 032-656-4452 팩스 § 032-656-4453
http://www.chungeoram.com
E-mail § chungeorambook@daum.net

ISBN 978-89-251-3161-0 04810
ISBN 978-89-251-3103-0 (세트)

浪人天下

3

낭인천하

무림낭객(武林浪客)

백야 新무협 판타지 소설

FANTASTIC ORIENTAL HEROES

도서출판 청어람

# 浪人天下

## 낭인천하

第一章
매복과 잠입

그저 그들은 각자 주어진 위치에서 날카로운 시선으로 주변을 둘러보고 있었다. 하지만 담우천의 모습은 그들의 시야 어디에도 잡히지 않았다. 또한 그의 기척 역시 매복자들은 전혀 감지하지 못했다.

　감시자의 시야 바깥에서 주변 사물과 동화된 채 그들의 사각을 밟고 움직이는 보법(步法), 그것은 담우천을 지금껏 살아남게 만들어준 둔형장신보(遁形贜身步)였다. 감시자들의 시선 속에서 형체를 없애고 몸을 숨기는 보법.

## 1. 둔형장신보(遁形臟身步)

한 바탕 소동을 일으켰으니 아무래도 그 객잔에 머무를 수가 없었다. 일개 꼬마가 정주사패라는 거한들과 싸워 이긴 건 좋은 쪽으로든 나쁜 쪽으로든 꽤나 큰 반향을 일으킬 게 분명했다.

물론 그 후환이 두려운 건 아니었다. 단지 시비와 소란은 적을수록 좋았다. 쓸데없는 일에 휘말려 시간을 소모한 건 지금까지만으로도 충분했으니까. 그래서 담우천은 소화와 아이들을 이끌고 그곳을 떠나 다른 객잔을 찾았다.

정주 남쪽 거리의 축강반점(祝康飯店)이라는 곳의 별채에 여장을 푼 담우천은 홀로 객청에 앉아서 차를 마셨다.

그동안 소화는 담창과 담호와 함께 목욕을 했다. 아이들이 웃는 소리가 복도를 지나 객청까지 들려왔다. 이윽고 목욕을 마친 소화는 곧바로 아이들을 데리고 방으로 들어가 그들을 재웠다.

꽤나 피곤했던지 아이들은 금세 새근거리며 잠들었다. 소화는 아이들이 곤히 잠든 걸 확인한 후 객청으로 나왔다.

그녀는 홀로 차를 마시는 담우천을 보고 잠시 발걸음을 멈췄다. 오래간만에 뜨거운 물로 목욕을 한 까닭에 그녀의 볼은 발그스름 달아올라 있었고 아직도 젖어 있는 머리카락에서는 향긋한 향기가 흘러나왔다.

물끄러미 담우천을 지켜보던 소화는 문득 주근깨가 희미하게 자리 잡은 콧잔등을 찡긋거리고는 그를 향해 걸어가며 유쾌하게 말했다.

"안 씻으세요?"

담우천은 그녀가 자신의 옆자리에 바싹 다가앉자 살짝 의자를 들어 자리를 움직였다. 그녀의 깨끗한 향기와 물컹한 어깨의 감촉이 왠지 부담스러웠던 모양이다.

"아직 할 일이 남아 있다."

담우천은 찻잔을 내려놓으며 말했다.

"할 일이요?"

"정주의 남쪽에 은매당이라는 곳이 있지. 그곳에 가면 내 아내의 행적을 찾을 수 있을 것 같다."

일순 소화의 눈빛이 서늘하게 바뀌었다. 하지만 그녀는 곧 활짝 웃으며 말했다.

"잘됐네요. 드디어 아호, 아창의 엄마를 찾는 건가요?"

"아니, 단정하기는 이르다."

담우천은 고개를 저었다.

"이미 그녀가 납치당한 지 한 달이 넘게 흘렀다. 여태까지 그곳에 있을 가능성은 거의 없지. 그러니 은매당에서 그녀의 행적만이라도 알아낸다면 꽤 좋은 수확을 거뒀다고 할 수 있을 것이다."

"그렇군요."

무슨 이유에서인지 소화의 얼굴에는 안도의 기색이 흐르고 있었다.

"그럼 오늘 그 은매당에 가볼 생각인가요?"

"그렇지. 아이들과 함께 갈 수는 없으니까."

게까지 말한 담우천은 소화를 돌아보며 말했다.

"새벽까지는 돌아올 것이다. 미안하지만 그때까지 아이들을 부탁하마."

"미안하기는요. 걱정 마세요."

소화는 가슴을 내밀었다. 육감적인 그녀의 젖무덤이 크게 출렁거렸다.

"아이들은 내가 잘 돌볼 테니까 아저씨는 아저씨 일에 집중하시면 돼요."

"고맙다."

담우천의 말에 소화는 행복한 표정이 되었다.

사내에게 고맙다는 말을 듣는 건 언제나 즐거운 일이었으니까. 그것도 자신의 마음에 두고 있는 사내에게 듣는다면 더더욱 그러할 것이다.

*　　　*　　　*

축강반점에서 약 백오십여 리, 정주의 경계를 벗어난 한적한 들판이었다.

달빛 한 점 없는 어두운 밤하늘 밑으로 교교하게 깔려 있는 적막, 그 한가운데 백여 호가량의 조그만 마을이 웅크리고 있었다.

밤이 깊은 지 오래, 마을은 텅 빈 공동묘지처럼 불빛 한 점 보이지 않았다. 가끔씩 들려오는 밤새의 울음소리와 개 짖는 소리만이 얼어붙어 있는 정적을 깨는 가운데, 담우천은 소리 없이 마을 어귀로 다가서고 있었다.

거침없이 움직이던 담우천이었지만, 막상 마을 어귀에 당도하는 순간 그는 길가의 소나무 뒤로 몸을 숨겼다. 언뜻 보아서는 평범한 시골 마을에 불과한 동네였지만, 마을 어귀 주변으로 상당한 실력의 은신자들이 매복하고 있었던 것이다.

담우천은 소나무 위로 몸을 날렸다. 꼭대기에 오르자 마을 전경이 한 눈에 들어왔다.

백여 호가량의 집이 둥글게 원을 이루고 옹기종기 모여 있는 가운데, 구불구불한 길들은 모두 마을 중앙으로 뻗어 있었고 그 한가운데 상당한 규모의 장원 한 채가 서 있었다.

바로 은매당의 본거지인 것이다.

마을 곳곳에 매복하고 있는 은신자들의 기척은 중앙부, 그러니까 장원 쪽으로 갈수록 더욱 감지하기 어려워졌다. 생각보다 은매당이라는 조직의 힘이 크고 강대하다는 것을 말해 주는 대목이었다.

그러나 담우천은 여전히 무심한 표정으로 장원으로 향하는 길목을 둘러보았다. 담벼락과 지붕, 나무 등에 몸을 숨기고 있는 다섯 명의 은신자를 지나치면 최단 거리로 장원의 벽을 넘을 수가 있었다.

그렇게 주변을 관찰하던 담우천은 바람처럼 몸을 날려 어둠 속으로 움직여 갔다.

아무리 은신자들의 수가 많다 하더라도 사각은 반드시 존재하는 법이었다. 담우천은 은신자들이 고개를 돌리거나 혹은 하품을 하거나 혹은 잠깐 눈을 감거나 하는, 그 찰나의 틈을 이용하여 앞으로 전진했다.

눈 깜짝할 사이에 장원 앞에 당도한 그는 막 장원의 담을 넘으려다가 일순 걸음을 멈추고 주변 아름드리나무 위로 몸을 날렸다.

그의 한결같이 무심했던 얼굴에 처음으로 한줄기 긴장의 빛이 스쳐 지나갔다.

'호오, 대단한걸.'

그가 막 담을 뛰어넘으려고 했던 그 땅바닥에, 한 명의 매복자가 흙과 돌멩이를 뿌려놓은 거적 밑으로 몸을 숨기고 있었다. 너무나도 은밀하고 기척이 느껴지지 않은 매복이었다. 만약 담우천이 무작정 담을 뛰어넘으려 했더라면 그대로 매복자의 머리를 밟을 뻔한 것이다.

문제는 그렇게 은밀하게 기척을 숨기고 있는 자가 한두 명이 아니었다. 담우천은 아름드리나무 꼭대기의 나뭇가지에 우뚝 선 채로 장원 내부를 주시했다.

담우천은 강호로 나온 이후 처음으로 긴장했다.

'조심해야겠군.'

대략 이십여 명의 기척이 느껴졌다. 그 기척을 숨기는 능력으로 보건대, 흑화방이나 흑개방 북경지부에서는 만날 수 없었던 실력자들이었다.

물론 지금 기척을 숨기고 은신한 자들의 무공 실력이 요 한두 달 사이에 만난 이들 중 가장 뛰어난 건 아니었다. 저 절정검 조흔이나 온주은만 하더라도 저들보다 훨씬 강한 무공을 보유하고 있었으니까.

그러나 조흔이나 온주은을 상대할 때와는 달랐다. 조흔과 온주은은 어디까지나 일대일의 정면 승부, 지닌 실력과 능력을 바탕으로 펼치는 전면전이었다. 반면 지금 담우천이 상대해야 할 자들은 암습과 기습의 능력자들, 언제 뒤통수를 칠지 모르는 상황이었다.

원래 암습은 자기보다 훨씬 강한 고수를 쓰러뜨릴 수 있는 공격법이었다. 무명의 살수가 이름난 강자를 해치우는 방법이었다.

길을 걷다가 혼잡한 인파 속에서 은밀하게 살기를 감추고 다가온 놈이 등을 찌르거나, 깊은 잠에 빠져 있을 때 품에 안겨 있던 계집이 갑자기 목을 찌르거나 혹은 쭈그리고 앉아서 용변을 보고 있는데 그 밑에서 칼이 튀어나오거나 하는 식의 공격은 아무리 고수라 하더라도 쉽게 막을 수가 없었다.

하루 종일 긴장의 끈을 늦추지 않으면 모르되, 인간인 이상 누구나 방심하는 순간이 있게 마련이다. 살수는 언제나 그 방심을 노려서 암습을 펼친다.

그래서 살수가 무서운 것이다.

어떠한 능력자라 하더라도 한순간의 방심을 틈타 목숨을 빼앗을 수가 있으므로.

지금 이곳 마을 어귀 곳곳에 잠복해 있는 사람들은 살수의 그러한 능력을 지닌 자들이었다. 그러니 담우천이 그들의 기척을 눈치채지 못하고 들어가는 순간, 놈들의 좋은 표적이 될 것이다.

담우천은 잠시 나무 꼭대기에서 정황을 살폈다. 다행히 놈들은 그의 기척을 눈치채지 못하고 있었다.

'스물두 명이라…….'

담우천은 땅바닥에 거적을 둘러쓰고 그 위에 흙을 뿌린 채 매복하고 있는 자와 장원의 담벼락 뒤에 몸을 숨기고 있는 자 등, 가산(假山)과 인공 연못으로 이뤄진 정원에 잠복하고 있는 자들의 수와 위치를 파악했다.

과연 저들의 이목을 속이고 은매당 내부까지 잠입할 수 있을까. 만약 들킨다면 그때는 어떻게 해야 하나.

담우천은 어떤 경우에도 죽지 않을 자신이 있었다. 그러니 만약 저들에게 들킨다면 그 결과는 두 가지로 생각할 수가 있었다. 이 은매당 전체를 몰살시키거나 혹은 중과부적으로 인해 물러서거나.

'문제는 은매당을 괴멸하는 게 아니다.'

이 마을에 그의 아내가 있는가에 대한 여부를 확인하는 것, 그리고 그녀를 구출하는 것이 담우천의 목적이었다. 은매당 따위 괴멸되거나 말거나 그와는 아무런 상관이 없었다.

'여기서 고민해 봤자 알 수 없다. 직접 확인하는 게 가장 나은 방법이다.'

담우천은 그렇게 생각한 후, 최대한 정신을 집중했다. 그리고 천천히 나무 밖으로 몸을 내밀고 앞으로 걸어 나갔다.

밤이 깊어 한적한 장원 일대의 흙길.

담우천은 벽이나 담에 몸을 숨기는 식으로 잠입하지 않았다. 흑화방에서 그러했던 것처럼, 그는 그저 천천히 흙길을 가로질러 장원을 향해 걸어 나갔다. 매복자와 매복자 사이로 생기는 빈틈, 사각을 따라 그는 유령처럼 발을 옮겼다.

놀랍게도, 장원 일대의 매복자들은 담우천이 자신의 곁을 걸어서 지나치는데도 불구하고 누구 하나 그의 움직임을 알아차리는 자가 없었다.

흙과 돌멩이로 위장한 거적 밑의 매복자는 담우천이 거적을 밟고 지나감에도 불구하고 전혀 눈치채지 못했다. 다른 이들도 마찬가지였다.

그저 그들은 각자 주어진 위치에서 날카로운 시선으로 주변을 둘러보고 있었다. 하지만 담우천의 모습은 그들의 시야 어디에도 잡히지 않았다. 또한 그의 기척 역시 매복자들은 전혀 감지하지 못했다.

감시자의 시야 바깥에서 주변 사물과 동화된 채 그들의 사각을 밟고 움직이는 보법(步法), 그것은 담우천을 지금껏 살아남게 만들어준 둔형장신보(遁形贜身步)였다. 감시자들의 시선 속에서 형체를 없애고 몸을 숨기는 보법.

담우천은 그렇게 매복자들 사이를 당당하게 걸어서 장원의 담을 뛰어넘었다.

그가 몸을 날릴 때도, 담을 넘어 바닥에 착지할 때도 기척은 전혀 없었고 아무런 소리도 들리지 않았다. 그저 한겨울 밤의 삭풍만이 거친 소리를 토해내며 장원 주변을 휘몰아치고 있을 따름이었다.

## 2. 화옥(華獄)

사방이 칠흑처럼 어두운 가운데 장원 내부에는 아직도 곳곳에 불이 밝혀져 있었다. 정원 여기저기에 세워진 석등(石燈), 건물 입구를 밝히는 화롯불, 순찰을 도는 무사들이 들고 있는 횃불.

담우천은 어둠 속에 몸을 숨긴 채 장원의 내부를 관찰했다. 정면으로는 연무장, 혹은 넓은 마당으로 보이는 공터가 있었고 그 양쪽으로는 조그만 건물들이 나란히 늘어서 있었다. 연무장 끝에는 반월문과 구역을 경계하는 담이 세워져 있었다. 그 너머로 이삼 층의 전각들이 우뚝 서 있는 모습이 어둠 속에서 희미하게 보였다.

담우천은 곧장 둔형장신보를 펼치며 연무장 좌측 건물들을 따라서 반월문을 향해 걸어갔다.

그때였다. 건물 모퉁이 쪽에서 두런거리는 소리가 들려왔다. 담우천은 건물과 건물 틈 사이의 어둠 속에 몸을 감췄다. 곧이어 순찰을 도는 무사들이 모퉁이를 돌아 나왔다. 그들은 그와 십여 보 떨어지는 곳을 지나쳐 갔다.

"젠장, 이렇게 추운데 불침번이라니."

순찰을 돌던 무리 중 한 명이 투덜거리자 다른 이가 맞장구를 쳤다.

"오늘 같은 날에는 화옥(華嶽)의 경비가 최고인데 말이야. 거기에 갇혀 있는 계집들 엉덩이를 비비면 추위 따위는 단번에 날아갈 텐데."

또 다른 이가 혀를 쳤다.

"아서. 이틀 전인가? 금화옥(金華嶽)에 갇혀 있던 계집을 덮쳤다고 목이 잘린 황구 녀석을 기억하라구. 당시 상품에 흠이 갔다고 노발대발하던 윗사람들을 생각하면 어디 물건이 서기나 하겠나?"

"그거야 멍청한 황구 자식이 감히 금화옥 계집들을 건드렸으니까 그렇지. 저 동화옥(銅華嶽)이나 철화옥(鐵華嶽)이라면 상관들도 눈감아준다구."

"흥! 동화옥, 철화옥 계집들과 할 바에는 차라리 우리 집 마누라와 하겠네. 그 냄새를 생각하면……"

그 말에 동료들이 킬킬거리며 웃었다.

"그 냄새를 맡아본 게로군. 몇 달 동안 씻지 않아서 나는 생선 썩는 냄새 말이지."

"어라, 자네는 그걸 어찌 아는가? 이런… 자네도 그 냄새를 맡아본 게로군."

순찰무사들의 웃음소리가 불빛과 함께 점점 멀어져 갔다. 담우천은 천천히 어둠 밖으로 고개를 내밀었다.

좋은 이야기를 들었군.

순찰 무사들의 짧은 대화 속에서 담우천은 제법 많은 것을 알 수 있었다. 납치된 여인들이 갇혀 있는 감옥을 화옥이라고 부른다는 것과, 그 화옥에도 등급이 있어서 금화옥의 경우 최고의 상품 가치를 가진 여인들이 갇혀 있다는 것.

'금화옥이라……'

담우천은 만약 자신의 아내가 이곳에 갇혀 있다면 당연히 금화옥에 있을 거라고 생각했다.

그녀는 아름다웠고 우아했으며 품위까지 넘쳐 났으니까. 일개 사냥꾼이자 나무꾼의 아내라고는 도저히 생각할 수 없는 기품을 가졌으니까.

생각하지도 못했던 순찰 무사들의 조언(?) 덕분에 이제 목표는 정해졌다. 하지만 아직도 문제는 남아 있었다. 저 수십 개의 건물 중에서 금화옥을 찾아야 하는 것이다.

담우천은 반월문의 담을 넘었다. 그곳에도 매복자들이 있었다. 담우천은 그들의 기척을 훑다가 살짝 눈살을 찌푸렸다. 몇몇 이의 기척이 제대로 감지되지 않는 것이다. 생각보다 훨씬 은잠술이 뛰어난 자들이었다.

'이해가 가지 않는데.'

담우천은 입술을 깨물었다.

아무리 은매당이 용담호혈(龍潭虎穴)이라고는 하지만 어디까지나 인신매매 조직에 불과했다. 강호에 모래알처럼 많은 군소 흑도방파 중 하나일 뿐이었다. 그런데도 담우천이 제대로 감지하지 못할 정도의 은신 능력을 지닌 자들이 이곳에 있는 것이다.

담우천은 다시 한 번 오감을 극대화시키며 천리지청술(千里之聽術)과 백리신조안(百里神照眼)을 펼쳤다. 동시에 그는 반월문 안쪽, 아마도 은매당의 내당이라고 짐작되는 이 공간 안에 매복하고 있는 자들의 위치를 찾기 시작했다.

일순, 어둠 속에 잠겨 있던 사방이 환하게 밝아지며 그의 시야에 주변 경관이 명확하게 들어왔다. 더불어 사물의 그림자 뒤에, 혹은 건물의 사각에 숨어 있던 자들의 호흡과 체온이 담우천의 귀와 심장을 통해 전달되었다.

'착각했나?'

담우천은 가볍게 눈살을 찌푸렸다. 처음 살폈던 그대로, 이 공간 안에 은잠한 자들의 수는 모두 열둘이었다. 제대로 감지되지 않았던 두어 개의 기척은 어디에고 느껴지지도, 보이지도 않았다.

담우천은 잠시 생각하다가 살짝 고개를 저었다. 그리고는 다시 주변의 전각들을 둘러보았다.

반월문 바깥쪽의 조그만 건물들과는 달리 이곳에는 크고 화려한 전각들이 우뚝 서 있었다. 담우천의 시선은 그 화려한 전각들 너머, 구석진 곳에 위치한 네 채의 건물에 멈춰 있었다.

이곳의 다른 전각들과는 다르게 어딘지 우중충하고 허름

해 보이는 건물. 문은 굳게 닫혀 있었으며 그 앞에는 각각 두 명의 무사가 화톳불을 밝힌 채 경계를 서는 중이었다.

담우천은 직감적으로 저 네 채의 건물이 인신매매를 당한 사람들이 갇혀 있는 화옥임을 느꼈다.

'가장 큰 건물이 철화옥이나 동화옥일 것이다. 그리고 가장 작은 건물이 금화옥일 테고.'

본래 상등품일수록 귀하고 적은 법이고 품질이 나쁠수록 많은 법이었다. 그것은 인신매매의 대상인 여인들의 경우에도 마찬가지일 게다.

담우천은 그렇게 생각하며 주위를 관찰했다.

그 금화옥까지 도달하려면 다섯 명의 매복자를 피해야 했다. 그들은 석등 뒤, 연못 속, 처마 아래 같은 곳에 몸을 숨기고 사위를 주시하고 있었다.

담우천은 그들의 위치를 확인한 후 둔형잠신보를 펼쳐 움직이기 시작했다. 그의 움직임을 알아차린 자는 역시 아무도 없었다.

과거 무림에서 가장 큰 세력의, 가장 내밀한 공간을 제집처럼 드나들며 목표 대상을 살해해 왔던 그였다. 아무리 십여 년 동안 강호 무림을 떠나 있었다 하더라도 일개 인신매매조직인 은매당의 매복자들에게 발각될 정도의 실력은 아니었던 것이다.

그리하여 담우천은 별다른 위험 없이 다섯 명 중 마지막 매복자의 등 뒤를 지나치고 있었다. 일순 그는 저도 모르게 망설였다.

'놈을 잡아서 심문할까?'

일순 매복자가 무슨 기척을 느꼈는지 오른쪽으로 고개를 돌렸다. 담우천은 아차 싶어 정신을 집중하며 왼쪽으로 걸음을 옮겼다. 매복자의 시선에서 아슬아슬하게 벗어난 위치.

매복자는 고개를 갸웃하며 다시 정면으로 시선을 돌렸다. 담우천은 잠시 그 자리에 서 있다가 매복자의 신경이 정면으로 집중될 때 비로소 자리를 떴다.

'감이 날카로운 자들이다.'

담우천의 순간적인 망설임을 눈치챌 정도로 날이 잘 서 있는 매복자들이었다. 하지만 그럼에도 불구하고 그들은 담우천이 자신들의 곁을 지나쳐 금화옥의 뒤로 돌아갈 때까지 전혀 알아채지 못했다.

물론 화톳불을 밝힌 채 한가롭게 잡담을 나누는 무사들은 말할 것도 없었다.


3. 은자 오만 냥 값어치의 실력


"믿을 수 없군. 내 기척을 눈치챌 줄이야."

누군가 어둠 속에서 중얼거렸다.

"나 역시 마찬가지네. 놈의 시선을 느끼는 순간 재빨리 가면사휴심종(假眠死休心宗)을 펼쳤기에 망정이지, 하마터면 놈에게 들통 날 뻔했네."

또 다른 이가 말했다.

"처음 들어보는 이름에 은자 이만 냥이라는 거액이 걸렸다고 해서 꽤 놀랐는데, 지금 보니 결코 많은 액수인 것 같지는 않군. 저 정도의 실력을 지닌 청부 대상은 일 년에 한 번 만나기도 어렵거든."

그렇게 이야기한 세 번째 사람은 꽤나 즐겁다는 투로 말을 이었다.

"모처럼 일할 맛이 생기는군그래."

그 말에 나머지 두 명도 동의했다.

"확실히 그렇지. 아무래도 요 근래에는 잔챙이들만 죽여왔으니까."

"그러니까 이런 거물이 청부 대상으로 들어온 게 근 십여 년 만이지?"

"정사대전이 끝난 이후로는 없었으니까. 뭐, 그건 우리가 태극천맹 측 인사들에 대한 청부를 받지 않기 때문이기도 하지만 말이야."

태극천맹은 정사대전을 승리로 이끈 정파 측 세력이 만든 거대한 조직이었다.

정사대전의 주축이 되었던 오대가문(五大家門)을 주축으로 하여 구파일방(九派一幇), 신주오대세가 등의 명문정파들, 그리고 수백에 이르는 군소정파까지 한데 어우러진, 그야말로 당금 무림천하에 군림하는 지배자가 바로 태극천맹이었다.

"담우천이라고 했던가? 유주의 낭인이라고 했지, 아마. 흠, 믿을 수가 없어. 도대체 어디에서 저런 놈이 툭 튀어나왔을까?"

"갑자기 툭 튀어나온 놈은 아닌 것 같네."

"그건 무슨 소리지?"

"놈의 움직임을 보건대, 우리와 비슷한 부류의 일을 해왔던 것 같거든. 그러니까 살수(殺手)나 추격자, 뭐 이런 부류의 인물일 가능성이 높다는 거야."

"하지만 동종 업계 쪽이라면, 게다가 저 정도 실력을 지닌 놈이라면 우리가 모를 리가 없을 텐데."

"글쎄. 그건 우리 청부 건과 상관이 없는 거고…… 어쨌든 대주(隊主)께 보고해야겠다."

그 말이 떨어지기가 무섭게 사람들의 등 뒤에서 나지막하고 차가운 목소리가 들려왔다.

"보고할 필요 없다."

사람들은 깜짝 놀라 뒤를 돌아보았다. 언제부터인가, 그들의 뒤에 한 사람이 유령처럼 서 있었다. 녹색 전의(戰衣)에 기괴한 가면을 쓰고 있는 자였다.

세 명의 사람은 내심 식은땀을 흘렸다.

'역시 대주다.'

'장담하건대, 우리의 이목을 속이고 바로 등 뒤까지 접근할 수 있는 사람은 강호무림을 통틀어 오직 대주뿐일 게야.'

사람들은 그렇게 생각하면서 유령처럼 서 있는 자를 향해 허리를 숙였다.

"언제 오셨습니까?"

"자네들이 그자에게 하마터면 들통 날 뻔했을 때부터 지켜보고 있었다."

사람들의 얼굴이 살짝 일그러졌다. 부끄러운 모습을 들킨 것이다. 하지만 그들은 변명을 하지 않았다. 자신들의 실력은 누구보다 대주가 잘 알고 있으니까.

"대단한 녀석이더군. 천하의 살막에서도 으뜸이라 불리는 녹면귀혼대(綠面鬼魂隊)인 자네들의 기척을 눈치챌 뻔하다니 말이지."

대주는 감탄하듯 말을 이어 나갔다.

"이번 청부 건은 아무래도 손해인 것 같군. 저런 녀석을 죽이는 데 겨우 은자 이만 냥이라니. 최소한 은자 오만 냥은 받아야 할 청부인 것 같은데."

"은자 오만 냥이요?"

사람들이 눈을 휘둥그레 떴다.

은자 오만 냥이라면 구파일방의 장로급에 해당되는, 최상위 거물들에 대한 청부 액수였다. 대원들이 믿을 수 없다는 표정을 짓자 대주는 가볍게 눈살을 찌푸리며 물었다.

"만약 내가 청부 대상이 된다면 얼마 정도의 액수가 걸릴까?"

"그, 그야……."

대원들은 적당하게 대답할 말을 찾지 못해서 머뭇거렸다. 대주가 말했다.

"최소한 은자 오만 냥, 그 정도는 되겠지. 그래서 놈의 목도 그 정도는 될 거라고 이야기하는 거다."

대원 중 한 명이 쭈뼛거리며 말했다.

"설마… 담우천이라는 자가 대주와 비슷한 실력을 지녔다고 말씀하시는 건 아니겠죠?"

"왜 아니겠느냐?"

대주는 조용한 어조로 말을 이었다.

"지켜본 결과로는 냉정하고 침착하며 또한 어떠한 상황에서도 흔들리지 않는 부동심(不動心)을 지니고 있는 것 같더군. 마치 나처럼 말이지."

대주의 말에 녹면귀혼대 사람들은 고개를 저었다.

"말도 안 됩니다. 감히 어찌 대주와 비교가 되겠습니까?"

"아니, 과소평가는 금물이다. 있는 그대로, 본 그대로 평가를 해야만 실수를 범하지 않을 수 있는 게다. 내가 보기에는 저 담우천이라는 자… 확실히 나와 비슷한 부류, 나와 비슷한 실력을 지녔다."

녹면귀혼대 사람들의 눈이 휘둥그레졌다.

"설마……."

"그렇게까지 높게 평가하시는 이유가 뭡니까?"

누군가 질문을 하자 대주는 조금 전 담우천이 들어간 화옥 쪽을 힐끗 바라며 대답했다.

"어떤 상황에서도 마음이 흔들리지 않고 냉정을 유지한다는 건 쉬운 일이 아니거든. 아마도 저 담우천이라는 자는 자네들의 기척을 느끼고 상당히 고민했을 게다. 겨우 은매당 따위의 곳에서 최상급의 은신술을 익힌 자들과 조우했으니까 말이지."

대원 중 한 명이 입술을 깨물다가 물었다.

"우리의 존재가 들켰다고 생각하십니까?"

"들켰을 게다."

대주의 말에 대원들은 믿을 수 없다는 얼굴로 서로를 바라보았다. 대주는 침착하고 냉정하게 말을 이었다.

"물론 우리들의 신분까지는 알아차리지 못했겠지. 그래서 고민하고 망설였을 거야. 그 짧은 시간 동안 이것저것, 여러 가지 경우의 수를 두고 많은 생각을 했을 게야. 그리고 생각보다 은매당이 용담호혈일 수도 있겠다는 생각, 매복자의 실력이 그 정도라면 저 내부의 고수들은 또 어느 정도의 실력을 지녔을까 하는 걱정이나 두려움도 느꼈겠지."

거기까지 말한 대주는 다시 화옥 쪽으로 시선을 돌리며 말을 이었다.

"하지만 그자는 물러서지 않고 애당초 계획대로 앞으로 전진했지. 그건 최소한, 자네들 정도의 실력자를 상대할 수 있다는 결론을 내렸기 때문에 가능한 일이고."

그의 말에 수하들이 자존심이 상한다는 표정을 지었다. 대주가 다시 말했다.

"어쨌든 애당초 계획대로 잠시 놈을 지켜보자. 이곳에서 뭘 하려고 하는지 궁금하기도 하니까."

대주의 말에 사람들은 담우천이 향한 화옥으로 일제히 시선을 돌렸다. 주위의 어둠이 그들의 정수리부터 발끝까지 시커멓게 뒤덮고 있었다.

주위의 사물과 어둠에 고스란히 녹아들어 하나로 동화된 모습, 그야말로 완벽한 은신이었으며 매복이었다. 그런 까닭에 은매당 장원 내에 매복하고 있는 자들은 전혀 그들의 기척을 눈치채지 못하고 있었다.

*　　　*　　　*

원래 그들은 흑개방의 청부를 받아 담우천을 살해할 목적으로 이곳에 온 살막의 자객들로, 녹면귀혼대가 그들의 정식 신분이었다.

일곱 명으로 구성된 녹면귀혼대가 일제히 움직이는 청부는 그리 흔하지 않았다. 천하 삼대살수조직 중 하나인 살막은 총 삼신(三神) 삼십육대(三十六隊)로 구성되어 있는데, 녹면귀혼대는 삼십육대 중 열 손가락 안에 해당되는 특급 조직이었다.

특히 녹면귀혼대의 여섯 부하를 이끄는 대주, 녹면귀혼(綠面鬼魂)은 저 특급 살수들로만 구성된 살막에서도 다섯 손가락 안에 드는 인물이었다.

원래 살막의 특급살수는 모두 서른여섯 명으로, 크게 세 부류로 나뉜다. 여섯 명으로 구성된 육령녹면귀신(六炩綠面鬼神), 열두 명으로 이뤄진 십이철면마신(十二鐵面魔神), 그리고 열여덟 명으로 조직된 십팔혈면사신(十八血面死神)이 바로 그것이었다.

또 그들은 각자 여섯 명에서 열 명가량의 수하를 두고 대(隊)라는 조직을 이끄는 대주가 되는데, 그 대는 대주의 별호에 따라서 명칭이 정해진다. 즉, 녹면귀혼이 이끄는 조직은 녹면귀혼대, 혈면사령(血面死靈)이 대주인 조직은 혈면사령대인 식으로 명칭이 정해지는 것이다.

삼신에 해당되는 대주들은 평소 각 대를 이끌며 청부를 받지만, 아주 중요한 청부인 경우에는 각 신(神)에 해당하는 대주끼리 힘을 합쳐서 임무를 수행하기도 했다. 언젠가 청성파(靑城派) 장문인을 죽여달라는 청부를 받았을 때 십팔혈면사신 전원이 출동하여 임무 달성한 이후로 살막의 삼신은 살수계의 전설이 되었다.

그 서른여섯 명의 특급 살수 중에서도 최상위권에 속한 녹면귀혼은 냉정하고 무심한 성격과 잔인한 손속으로 정평이 나 있었으며, 지난 십육 년 동안 마흔두 번의 청부를 완벽하게 해치운 관록 넘치는 자였다.

그런 녹면귀혼과 녹면귀혼대였으니 '유주에서 온 낭인 담우천이 은매당으로 향했으니 녹면귀혼대 전원이 출동하여 그를 주살하라'는 상부의 지시를 받고 뜨악해한 건 당연한 일이었다.

하지만 직접 은매당으로 와서 본 담우천은 확실히 녹면귀혼대 전원이 나서서 상대할 자격이 있는 자였다.

은자 오만 냥 값어치의 목.

살수에게 있어서 그 정도 가치를 지닌 자를 살해한다는 것은 쉽게 찾아오지 않는 행운이라 할 수 있었다. 언제 그 짜릿한 손맛을 또 느껴볼 수 있을까.

녹면귀혼대의 사람들은 저마다 담우천의 목을 자신이 베겠다는 생각을 하면서, 한편으로는 무심한 듯 서늘하게 가라앉은 눈빛으로 금화옥의 입구를 내려다보고 있었다.


4. 살아 있기만 하면 된다


건물 뒷벽에 나 있는 조그만 창을 통해 실내로 잠입한 담우천은 자신의 추측이 옳았음을 확신했다.

'이곳이 금화옥이군.'

감옥이라고 하기에는 정갈하고 쾌적한 내부에는 은은한 향기까지 감돌고 있었다. 공기의 소통이 원활하게끔 벽면 곳곳에 조그만 창이 뚫려 있었고 복도 한쪽으로 늘어서 있는 옥실(獄室)에는 침상과 경대까지 마련되어 있었다.

담우천은 복도를 지나가며 옥실 내부를 일일이 들여다보았다. 넓은 옥실에는 각각 두 명의 여인이 침상에서 잠을 자고 있었는데, 하나같이 화사한 미모를 갖춘 젊은 여인들이었다.

십대 중후반에서 이십대 초반 정도로 보이는 그녀들은 납치된 거라고는 전혀 생각하지 못할 정도로 깨끗하고 화려한 옷을 입고 있었으며 푹신한 이불을 덮은 채 잠들어 있었다. 불안함이나 긴장, 공포의 감정을 전혀 찾아볼 수가 없는 평온한 얼굴이었다.

복도에는 보료처럼 푹신하고 부드러운 재질이 깔려 있었다. 그리고 옥실은 손님들이 복도를 따라 소리 나지 않게 걸으면서 꽃처럼 아름다운 그녀들을 자세히 관찰할 수 있게 만들어져 있었다.

담우천의 인상이 찌푸려졌다. 복도 끝까지 걸어가며 확인해 보았지만 아내의 모습은 어디에도 없었던 것이다.

'설마 흑개방 놈들이 거짓말을 한 걸까?'

그건 아닐 것이다.

눈동자의 흔들림, 얼굴 근육의 미묘한 움직임으로 상대가 거짓을 말하는지 진실을 이야기하는지 알 수 있는 담우천이었다. 북경부의 흑개방 지부주는 그런 담우천의 눈을 속일 정도로 뛰어난 연기력을 지닌 자는 아니었다.

'그렇다면 벌써 다른 곳으로 팔려간 것일까?'

그럴 가능성이 농후했다. 상등품일수록 빨리 팔린다고 하지 않았던가.

'결국 은매당주를 직접 만나볼 수밖에 없겠군.'

하지만 시간은 어느덧 축시를 지나 인시(寅時:새벽 3시—5시)로 접어들고 있었다. 금화옥을 빠져나가서 은매당주가 거처하는 전각을 찾아 은밀하게 잠입하고 놈을 만나기에는 시간이 부족한 것이다. 그 도중에 자칫 날이 밝게 되면 전면전이 벌어질 수도 있었다.

'다시 오자.'

담우천은 결국 그렇게 결론을 내렸다.

'살아 있기만 하면 되는 것이다.'

담우천은 다시 한 번 중얼거렸다.

그는 곧장 창을 통해 금화옥을 빠져나왔다. 뒷벽의 창은 두 손으로 충분히 가려질 정도의 조그만 크기였지만 담우천의 행동을 막을 수는 없었다.

금화옥을 빠져나온 담우천은 사각과 주변 지물을 이용하여 매복자들의 감시망을 벗어났다. 막 장원의 담을 넘으려던 담우천은 문득 고개를 돌려 좌측의 전각 지붕 쪽을 바라보았다. 다른 곳보다 유난히도 짙은 어둠이 내려앉아 있는 곳.

담우천은 기묘한 눈빛으로 그 지붕 위를 잠시 쳐다보다가 미련없이 고개를 돌리고는 담을 넘었다. 물론 담우천은 그 지붕 위에 살막의 살수들, 녹면귀혼대가 은신하고 있다는 사실을 전혀 알지 못했다.

매서운 삭풍이 칼날처럼 휘몰아치는 밤이었다.

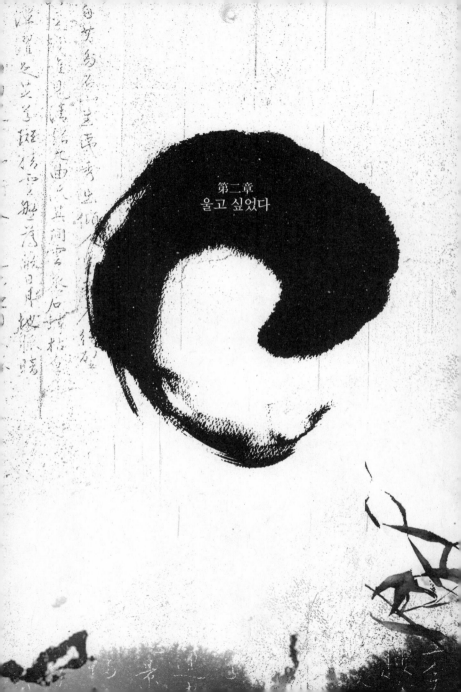

第二章
울고 싶었다

나이가 들면 들수록 저렇게 순식간에, 잡념을 모두 떨치고 집중하기가 힘들어진다. 실타래처럼 꼬이고 엉켜서 뇌리 가득 맴도는 온갖 상념과 잡생각을 지워 버리고 무념의 상태가 되는 건 결코 쉬운 일이 아니었다. 어린 만큼, 순수한 만큼 그 상태에 이르는 속도가 빠른 것이다.

　　그건 무공이나 운기조식뿐만이 아니었다. 공부도 그렇고 바둑이나 악기도 그러했다. 무엇이든 어릴 적에 시작하는 것이 나이 들어 배우는 것보다 성장속도가 빠른 것이다.

## 1. 마보

담호는 신이 나 있었다.

그날도 담호는 평소처럼 새벽에 일어나 졸린 눈 비비며 소변을 보고는 복도를 따라 별채 밖으로 걸어 나왔다. 늘 하던 대로 유랑객잔의 뚱보 아저씨가 가르쳐 준 심법을 수련하고 또 용무팔권을 연무하기 위해서였다.

그런데 담호가 별채의 문을 열고 밖으로 나왔을 때 놀랍게도 그곳에는 그의 아버지, 담우천이 기다리고 있었던 것이다. 아직 어둠이 짙게 깔려 있는 시각, 꽤 오래전부터 그곳에 서 있었던 듯 담우천의 어깨에는 하얀 서리가 내려앉아 있었다.

담호가 어리둥절하여 물었다.

"아빠, 어디 가세요?"

담우천은 고개를 저었다. 그는 어디서 구했는지 조그만 나무 막대기 두 개를 들고서 벽기둥에 기대어 선 채로 무뚝뚝하게 말했다.

"잠이 안 와서 일찍 일어난 것뿐이다."

담호는 멀뚱하게 서서 담우천을 쳐다보았다. 아빠가 옆에 있으니 제대로 수련을 할 수가 없는 것이다. 그가 머뭇거리고 있자 담우천이 조용히 입을 열었다.

"나는 신경 쓰지 말고 네가 평소 하던 대로 하거라."

그게 무슨 뜻인지 몰라 잠시 생각하던 담호의 표정이 문득 환하게 밝아졌다.

'아빠는 지금 내가 수련하는 걸 보고 싶은 거야.'

지금껏 단 한 번도 자신의 수련에 대해서 흥미를 보여주지 않던 아버지가 왜 갑자기 호기심을 갖는지 담호는 정확하게 알 수 없었다.

어쩌면 어젯밤 묵으려고 했던 객잔에서 한바탕 벌인 싸움 때문일까. 그때 곰같이 커다란 아저씨 네 명과 싸우면서도 전혀 밀리지 않았기 때문인지도 몰라.

담호의 가슴이 두근거렸다.

이유야 어쨌든 아무래도 상관없었다. 아빠에게 보여준다고 생각하니까 한편으로는 부끄럽기도 하고 또 한편으로는 자랑스럽기도 했다.

"그럼 시작할게요."

담호는 곧장 용무팔권의 자세를 취했다.

"그것 말고."

담우천이 말했다.

"새벽의 운기조식만큼 효과가 좋은 게 없지. 그것부터 시작해 보아라."

담호의 조그만 가슴이 철렁 내려앉았다.

'아빠가 어떻게 알고 계시지?'

담호가 저귀에게 심법을 배웠다는 건 누구에게도 말하지 않은 비밀이었다. 저귀 또한 절대로 남에게 이야기하지 말라고 당부했으니까 스스로 타인에게 말할 리도 없었다.

'아빠는 뭐든 다 알고 계셔.'

담호는 존경스러운 눈빛으로 담우천을 쳐다보았다. 그런 눈빛이 부담스러웠던 걸까, 담우천은 헛기침을 하며 조금 더 냉정한 목소리로 말했다.

"시작해 보거라."

"네, 아빠."

담호는 흥분하여 대답했다. 그리고는 별채 앞의 마당으로 내려가 가부좌를 틀었다. 그는 저귀에서 배운 바대로 심결을 외우며 운기조식을 시작했다. 금세 그는 아빠가 곁에서 지켜보고 있다는 사실도 잊은 채 운기조식에 집중했다.

'어린아이라 그런지 집중력이 뛰어나군.'

담우천은 아들을 내려다보며 생각했다.

나이가 들면 들수록 저렇게 순식간에, 잡념을 모두 떨치고 집중하기가 힘들어진다. 실타래처럼 꼬이고 엉켜서 뇌리 가득 맴도는 온갖 상념과 잡생각을 지워 버리고 무념의 상태가 되는 건 결코 쉬운 일이 아니었다. 어린 만큼, 순수한 만큼 그 상태에 이르는 속도가 빠른 것이다.

그건 무공이나 운기조식뿐만이 아니었다. 공부도 그렇고 바둑이나 악기도 그러했다. 무엇이든 어릴 적에 시작하는 것이 나이 들어 배우는 것보다 성장속도가 빠른 것이다.

그런 생각을 하면서 담우천은 아들의 운기조식을 지켜보았다. 이윽고 담호가 길게 숨을 내쉬며 눈을 떴다. 담우천이 눈을 가늘게 뜨며 말했다.

"운기조식을 일주천(一週天)만 하면 그리 효과가 크지 않단다. 한번 시작하면 최소한 삼주천 이상 해야 하는 게다."

담호가 당연하다는 듯이 말했다.

"그래서 삼주천 했는데요."

담우천의 눈빛이 살짝 변했다.

"벌써?"

"네. 처음에는 꽤 시간이 걸렸지만 이제는 많이 빨라졌어요. 나중에는 십이주천도 할 거예요."

담호의 말에 담우천은 가볍게 입술을 깨물었다.

독맥과 임맥으로 기운을 통하게 하는 걸 소주천이라고 하고 하지까지 보냈다가 거두는 걸 대주천이라고 하는데 제대로 된 운기조식이라고 하면 대주천을 가리켰다.

내공이 미약하고 수련이 부족할수록 대주천을 한 번 하는 데 많은 시간이 소요된다. 그래서 갓 주천을 성공한 초심자의 경우에는 일주천을 하는 데 반나절 이상 걸리기도 한다.

또한 초심자는 정신을 집중하고 내기를 운용하는 데 소모되는 심력과 기력이 상당해서, 한 번 주천하고 나면 거의 탈진 상태가 되기도 한다. 일반적으로 운기조식 하면 알려진 십이주천은 최소한 십수 년 이상의 수련을 해야만 가능한 일이었다.

그런 의미에서 담호는 지금 담우천의 예상을 훨씬 뛰어넘는 성과를 보여주고 있었다. 담호가 배운 기간, 나이, 수련 과정을 모두 생각하고 종합해서 이 정도면 불과 일주천밖에 하지 못했을 거라고 예측했던 시간 내에 삼주천이나 해낸 것이다.

'이 녀석 봐라.'

담우천은 눈을 가늘게 떴다. 어젯밤의 놀라움과 충격이 되살아나고 있었다.

\*　　　\*　　　\*

"이 개자식이, 죽어라!"

뒤늦게 정신을 차린 정주사패의 세 사내가 담호를 향해 욕설을 퍼부으며 동시에 덮쳐들었다.

"위험해!"

소화가 놀라 소리쳤다. 젓가락을 쥐고 있던 담우천의 손이 꿈틀거렸다.

하지만 그보다 빨리, 담호는 탁자 아래로 몸을 굴려서 자신을 향해 덮쳐드는 사내들을 피했다.

"이 미꾸라지 같은 녀석이……."

사내들이 성을 내며 탁자를 들어 엎으려고 했다. 그 순간, 담호는 탁자 밑으로 보이는 사내들의 정강이를 연속적으로 걷어찼다.

"어이쿠!"

"이 조그만 개자식이… 아악!"

담호의 발길질에 걷어차인 사내들은 일순 마치 망치에 후려 맞은 듯 비명을 내지르면서 발을 부여잡았다. 담호는 그 틈을 이용하여 탁자 밑에서 빠져나온 다음, 사내들의 뒤로 돌아가 낭심을 걷어차고 발등을 짓밟고 턱을 후려쳤다.

담호는 그야말로 미꾸라지처럼 날렵하고 다람쥐처럼 빠르며 고양이처럼 매섭게 움직였다. 그 놀라운 활약에 의해 소년보다 두 배는 큰 사내들은 연신 비명을 내지르며 바닥을 뒹굴었다.

객잔 안의 사람들은 눈이 휘둥그레진 채로 담호가 활약하는 광경을 도저히 믿어지지 않는다는 듯이 지켜보고 있었다. 소화도 그중의 한 명이었다. 그녀는 붕어처럼 입을 뻐끔거리며 '어머, 세상에……'를 연발하고 있었다.

잠시 상황을 지켜보던 담우천은 들고 있던 젓가락을 슬그머니 내려놓았다. 구태여 자신이 끼어들 필요가 없다고 생각한 것이다.

그가 술잔을 들어 한 모금 마신 후 내려놓을 무렵, 정주사패는 모두 바닥에 쓰러진 채 끙끙거리고 있었다.

굴욕이었다.

이보다 더한 치욕은 없었다. 하지만 정주사패는 굴욕과 치욕을 느끼기 이전에, 견딜 수 없는 고통으로 인해 정신을 차리지 못하고 신음을 내뿜기만 했다.

담호는 조금 떨어진 곳에 서서 그들을 둘러보며 말했다.

"사과해, 우리 아빠한테."

비록 조그만 어깨는 들썩거리고 호흡은 가빴지만, 그렇게 당당하게 말하는 담호의 모습은 일개 소년의 그것이 아니었다.

한 사람의 무인.

그러했다. 여덟 살 꼬마가 당당하게 팔짱을 낀 채, 아무렇게나 널브러진 거한들을 쏘아보는 그 모습은 확실히 위세 넘치는 무인의 모습이었다.

"대단하네. 도대체 어느 대문파의 소공자일까?"

"이름난 무가(武家)의 후예임에 분명하겠지."

그 모습을 바라보며 사람들이 감탄하며 중얼거릴 때, 담우천은 묘한 눈빛으로 소년을 지켜보고 있었다.


## 2. 울고 싶었다

"검법을 가르쳐 주마."

담우천은 정신을 차리고 입을 열었다.

그 말을 들은 담호의 눈은 반짝이고 얼굴은 빨갛게 상기되었다. 소년은 흥분과 기쁨, 기대감이 가득 감긴 표정을 지으며 아버지를 쳐다보았다.

담우천은 그런 아들의 시선이 부담스러웠는지 가볍게 헛기침을 하고는 쥐고 있던 두 개의 나무 막대기를 담호에게 건넸다.

'응?'

담호는 엉겁결에 나무 막대기들을 받아 들다가 내심 깜짝 놀랐다.

겉으로 보기에는 어디 길바닥에서 주은 듯 볼품없는 나무 막대기였다. 하지만 막상 쥐어보니 소년의 고사리 같은 손아귀에 딱 맞는 자루, 제 키에 비교해서 적당한 길이의 몸통, 그리고 휘두르기에 가장 적합한 무게를 지니고 있었던 것이다.

담호는 감격한 눈빛으로 부친을 올려다보았다. 소년을 위해 새벽 일찍 일어나서 적당한 무게를 지닌 막대기를 찾아 길이를 맞추고 손잡이 부분을 다듬은, 아버지의 그 정성이 느껴졌기 때문이었다.

"오늘부터 되었다 할 때까지, 양손에 하나씩 막대기를 쥔 채로 아침저녁으로 각각 한 시진씩 마보를 서라."

담우천은 무뚝뚝하게 말했다. 담호의 얼굴에 의아한 빛이 떠올랐다.

'검법을 가르쳐 주신다더니……'

실망감이 앞섰지만 소년은 이내 씩씩한 표정을 지으며 곧 바로 마보를 섰다. 마보라면 지난 한 달 동안 늘 수련해 온 까닭에 자신이 있었다.

'세 시진 동안 움직이지 않고 선 적도 있는데 그깟 한 시진 정도야……'

다리를 어깨 넓이 정도로 벌리고 말을 타듯 무릎을 굽힌 자세. 거기에다가 두 팔을 앞으로 가지런히 뻗는 게 바로 마보의 자세였다.

담호는 마보를 취한 다음 양손에 막대기를 쥐고 두 팔을 뻗었다. 굳게 다문 그의 입술이 고집스럽게, 당차게 보였다.

담우천은 다시 팔짱을 끼고 기둥에 등을 기대며 소년을 물끄러미 지켜보았다.

\*            \*            \*

울고 싶었다.

마보를 선 지 불과 반 시진도 안 되어 담호는 울음이 터져 나오는 걸 억지로 참고 있었다.

두 개의 나무 막대기를 쥐고 있느냐 그렇지 않느냐의 차이는 생각보다 매우 컸다. 다리가 부들부들 떨리고 팔이 저려왔다. 손목이 아래로 꺾어지면서 나무 막대기가 땅을 가리켰다. 막대기는 천근이나 되는 것처럼 무겁게 느껴졌고 온몸의 피가 머리끝으로 몰리는 것처럼 어지러웠다.

하지만 담호는 입술을 꽉 깨문 채 참았다.

'아빠가 보고 있어.'

처음으로 담우천이 그에게 관심을 보여주었다. 또 검법도 가르쳐 준다고 했다. 하지만 담호는 잘 알고 있었다. 만약 이번에 아빠를 실망시킨다면 두 번 다시 자신을 돌아보지 않을 거라는 걸.

그래서 담호는 허리가 끊어지는 것 같은 아픔을 참고, 두 팔이 떨어져 나갈 듯한 고통을 견디며 끝까지 버티고 마보를 섰다. 그렇게 죽을 것 같은 시간이 흐르면서 담호는 어느 순간부터 고통이 사라지기 시작한 걸 느꼈다.

'그렇구나. 고통을 참으면 없어지는 거야.'

담호는 새로운 걸 깨달았다.

담우천은 무심한 눈빛으로 그런 담호를 지켜보다가 조용

히 입을 열었다.

"이제 됐다. 팔을 내려라."

담호는 팔을 내리려고 했다. 그러나 팔은 딱딱하게 굳어져서 움직이지 않았다. 다리도 마찬가지였다. 그 자리에 얼어붙은 듯이 전혀 꼼짝할 수가 없었다.

담호는 울음이 섞인 얼굴로 애써 웃어 보이며 말했다.

"모, 몸이 안 움직여요."

담우천은 천천히 다가와 담호의 몸을 매만졌다.

그냥 대충 쓰다듬는 것 같은 손길이었는데, 놀랍게도 담호의 굳어진 팔과 다리가 거짓말처럼 부드러워지고 편안해졌다. 담우천의 단순한 손동작이 담호의 막힌 혈도와 굳어진 기맥을 타통시킨 것이다.

"뭣들 하세요, 이른 아침부터?"

소화가 기지개를 켜면서 객청 문을 열다가 두 사람을 보고는 방긋 웃었다.

"보기 좋네요. 두 부자 간의 모습이."

담호는 활짝 웃었고 담우천은 머리를 긁적였다.

소화는 가슴을 내밀고 두 팔을 벌리며 아침 공기를 흠뻑 들이마셨다. 투명한 공기는 맑고 시원했다. 어쩐지 좋은 하루가 될 것 같다는 생각을 하면서 소화가 담우천을 돌아볼 때, 그는 그녀의 곁을 지나치며 객청 안으로 들어가고 있었다. 소화가 궁금하다는 듯 물었다.

"어디 가세요?"

담우천은 무뚝뚝하게 말했다.

"잠자러."

"아, 이제 오신 거예요?"

소화의 질문에 담우천은 가볍게 어깨를 으쓱거리고는 제 방으로 사라졌다. 그녀는 궁금하다는 표정으로 그 뒷모습을 바라보다가 담호를 돌아보며 물었다.

"아빠, 언제 오셨어?"

담호는 제 아빠처럼 어깨를 으쓱거리며 말했다.

"글쎄요."

그리고는 아빠가 만들어준 두 개의 나무 막대기를 들고 다시 용무팔권을 수련하기 시작했다. 소화가 다시 물으려는 순간, 객청 안쪽에서 담창의 울음소리가 들렸다. 선잠에서 깬 것이다.

"이런, 깨어나서 누나가 없는 걸 보고 찾는구나. 기다리렴, 곧 갈게."

소화가 활짝 웃으며 담창에게로 달려갔다. 객청 앞 조그만 마당에는 이제 담호만 남아 있었다.

소년은 소화가 사라진 것도 모른 채, 나무 막대기들을 곤봉처럼 열심히 휘두르며 용무팔권을 수련했다. 그의 이마에 땀방울이 송골송골 맺히고 있었다.

## 3. 이별

밤새도록 은매당을 정찰하고 돌아와 아침나절까지 담호에게 무공의 기초를 가르쳐 준 담우천은 겨우 한 시진 정도 눈을 붙였다가 다시 자리에서 일어났다.

이미 해는 중천에 떠 있었다. 담창과 소화가 까르르 웃고 있는 소리가 객청에서 들려왔다. 담우천은 그 시끄럽지만 왠지 따스하게 느껴지는 웃음소리에 잠시 귀를 기울이다가 곧 좌정하고 운기조식을 시작했다.

희한하게도 운기조식을 하는 동안 그의 호흡은 가늘고 길게, 끊임없이 이어졌다. 면면부절(綿綿不絶), 단 한 번의 끊임도 없이 숨을 들이마시거나 내뱉는 게 동시에 이뤄지는 호흡법.

담우천의 그러한 호흡법은 천지일여심법(天地一如心法)이라고 해서 매우 특별한 효용이 있었다.

천지일여심법은 들숨과 날숨이 동시에 이뤄지는 특이한 호흡을 통해서, 똑같은 시간을 운기해도 일반 운공조식보다 두 배 이상 내공이 쌓이는 놀라운 효과를 냈다. 담우천이 비슷한 연배의 무림인들보다 훨씬 많은 내공을 축적한 이유가 바로 거기에 있었다.

운기조식을 마친 담우천은 자리에서 일어나 객청으로 향했다. 객청에는 담창과 소화가 장난을 치면서 깔깔 웃고 있었

다. 담창을 붙잡고 옆구리를 간질이던 소화는 객청으로 걸어
오는 담우천을 보고 활짝 웃으며 말했다.

"일어나셨어요?"

일순 담우천의 눈썹이 꿈틀거렸다. 담창과 놀아주는 그녀
에게서, 자신을 바라보며 활짝 웃는 그녀에게서 저도 모르게
아내의 모습이 떠올랐던 것이다.

너무나도 익숙한 모습, 익숙한 느낌. 그래서 왠지 더 부담
으로 다가오는 광경.

"아호는?"

담우천은 차탁에 앉으며 무뚝뚝하게 입을 열었다.

"마당에 있어요. 밥 먹을 때만 빼고 계속 밖에서 수련 중이
에요. 꽤 날씨가 춥던데."

소화는 엄마처럼 담호를 걱정하면서 아내처럼 담우천에게
차를 따랐다.

방금 차를 끓인 것인지 아니면 식을 때마다 버리고 새로 끓
인 것인지, 찻잔에서는 뜨거운 김이 모락모락 피어났다. 소화
는 찻주전자를 내려놓으며 다시 입을 열었다.

"간 일은 잘되셨어요?"

담우천은 대답 대신 화제를 돌렸다.

"이제 가도 좋아."

소화의 눈이 커졌다. 그녀는 무슨 뜻인지 이해할 수 없다는
듯이 되물었다.

"가도 좋다니요, 어딜요?"

"어디든."

소화는 잠시 담우천을 쳐다보았다. 담우천은 잠자코 찻물을 들이켰다. 향이 좋은 녹차였다.

그를 쳐다보던 소화의 표정이 문득 애잔하게 변했다. 그녀는 알겠다는 듯이 고개를 끄덕이면서 낮게 가라앉은 목소리로 중얼거리듯 말했다.

"그렇군요, 축객령(逐客令)인가 보네요."

담우천은 말을 하려다가 입을 다물었다. 분위기가 급격하게 가라앉은 것도 모른 채, 담창은 여전히 깔깔거리면서 소화의 등을 기어오르고 있었다.

"알겠어요."

담우천의 말을 기다리던 소화가 체념한 듯 입을 열었다.

"아이들 점심만 챙겨주고 떠날게요."

왜 떠나라고 했는지 묻지 않았다. 왜 떠나라고 했는지 이유를 말해주지도 않았다. 그저 두 사람은 담창에게 시선을 돌린 채 서로의 눈빛을 피하고 있었다.


시끌벅적한 식사를 마친 이후 소화는 방으로 돌아가 주섬주섬 짐을 챙겼다. 짐이라고 해봤자 북경부에서 이곳 정주로 오는 동안 샀던 옷 몇 가지가 전부였다. 조그만 봇짐 하나에 그녀의 모든 것이 들어갔다.

소화가 그렇게 막 짐을 꾸렸을 때, 담호가 허겁지겁 방안으로 뛰어 들어왔다.

"어디 가요?"

담우천에게 들은 것일까, 아니면 식사할 때의 분위기만으로 짐작한 것일까.

소화는 애써 빙긋 웃으면서 말했다.

"미안해. 급한 볼일이 있다는 걸 깜빡했지 뭐니. 나중에 다시 만나자."

담호는 입술을 꽉 깨문 채 소화를 지켜보다가 문득 복도 쪽을 돌아보았다. 그리고는 낮은 목소리로 소곤거리듯 물었다.

"아빠가 가라고 한 건 아니죠?"

"물론이지. 왜 날 가라고 했겠니?"

소화는 두 팔을 벌렸다. 담호는 머뭇거리다가 천천히 다가와 그녀의 품에 안겼다. 소화는 담호를 꼭 껴안은 채 다독거렸다. 그리고 담호의 이마에 입을 맞추고는 나직하게 말했다.

"아빠랑 아창, 잘 지켜야 한다. 알겠지?"

담호는 입술을 깨물었다.

정이 든 사람과 헤어지는 건 가슴에 상처가 남는 일이다. 이미 담호는 그 어린 나이에도 불구하고 꽤 많은 상처를 입었다. 그래서였다. 소년은 상처를 최소화하는 방법을 터득하고 있었다.

"알겠어요."

소년은 씩씩하게 말했다.

"급한 일 끝내면 다시 만나러 오는 거예요, 알았죠?"

외려 눈물은 소화의 눈에 맺혔다.

"그래. 그렇게. 약속할게."

"알죠? 약속을 지키는 일은 목숨보다 중요하다는 거."

"물론 잘 알고 있지."

그녀는 소년의 머리를 쓰다듬었다.

"그럼 이제 가봐야겠다."

소년은 고개를 들고 소화를 쳐다보면서 웃었다.

"헤헤, 울지 말아요."

"울긴 누가 운다고 그러니? 하품해서 그런 거야."

소화는 장난스럽게 웃으며 소년의 이마에 다시 한 번 입을 맞췄다.


4. 철방


담창은 아무것도 모른 채 열심히 손을 흔들었다. 소화는 계속해서 뒤를 돌아보며 머뭇거렸다. 하지만 마냥 그렇게 미련을 남기고 있을 수만은 없는 법, 결국 그녀의 모습이 별채 밖으로 사라졌다.

담호가 무심코 길게 한숨을 쉬었다. 담우천이 그런 아들을 향해 무뚝뚝하게 말했다.

"우리도 나가자꾸나."

"어디를요?"

"너도 그렇고 아창도 훌쩍 커서 옷이 작더구나. 해도 바뀌었으니 새 옷 몇 벌 사야겠다."

담호는 저도 모르게 제가 입고 있는 옷을 둘러보았다. 그러고 보니 소화가 나름대로 깨끗하게 빨아주기는 했지만, 손목과 발목이 훤히 드러날 정도로 작고 낡은 옷이었다. 요 몇 달 사이에 부쩍 키가 큰 것이다.

담창도 마찬가지였다. 돌이 지나면서 녀석은 훌쩍 컸다. 이제 이곳저곳 뛰어다니기도 하고 아빠나 형아, 누나 등 제법 몇 마디 말다운 말도 했다.

담우천은 광주리를 짊어지고 객청을 나섰다. 광주리에는 여전히 담창이 들어가 있었는데 제 아비의 뒷덜미를 잡고는 '이랴, 이랴!' 하면서 깔깔 웃었다.

담호는 꽤 오래간만의 나들이에 마음이 들떠 있었다. 소화와 헤어진 지 얼마 되지 않았지만 역시 아직 어린 나이, 새 옷을 산다는 기쁨에 가슴이 두근거리기까지 했다.

삼부자(三父子)는 그렇게 별채를 빠져나와 저잣거리로 향했다. 저잣거리는 오가는 사람들로 붐볐고 손님들을 호객하는 장사치들의 시끄러운 목소리에 정신이 없었다.

번듯한 점포가 길 양쪽으로 나란히 늘어선 가운데 조그만 좌상을 펼친 채 잡다한 물건을 파는 이들도 있었고 담자(擔

子)에 국수나 콩국 등을 가득 담고 파는 상인들도 있었다. 또 산자나무 열매를 달콤하게 졸인 다음 얼려서 만든 빙당호로(氷糖葫蘆)가 가득 담긴 수레도 있었고 손님이 주문하는 대로 만들어서 파는 따끈따끈한 전병(煎餠)도 있었다.

담창은 광주리 위에서 방방 뛰며 '아빠, 아빠!'를 연호했다. 아이는 담우천의 머리를 잡아당기면서 자신이 먹고 싶은 걸 파는 가게로 끌고 가려고 했다.

저잣거리의 사람들이 다들 걸음을 멈추고 그 모습을 지켜보았다. 확실히 광주리를 메고 다니는 아빠와 광주리 위에서 폴짝폴짝 뛰는 어린아이의 모습은 보기 쉽지 않은 광경이었다.

결국 담우천은 빙당호로와 잣, 돼지고기를 넣은 전병을 사서 담창의 양손에 쥐어줘야 했다. 그제야 담창은 뛰기를 멈추고 광주리에 앉은 채 번갈아가며 전병과 빙당호로를 빨아먹었다.

담호 또한 동색 덕분에 빙당호로를 하나 얻을 수 있었는데, 그 새콤달콤한 열매 하나를 아삭 깨무는 맛은 입가에 절로 미소를 감돌게 만들었다.

담우천은 혼잡한 주변을 둘러보다가 마땅한 곳을 찾았는지 담호의 손을 붙잡고 사람들 사이를 헤치고 나아갔다. 그가 간 곳은 낫과 농기구들을 만드는 철방(鐵房:대장간)이었다.

'옷을 사준다더니……?'

담호는 고개를 갸웃거리며 담우천을 올려보았다. 담우천은 무심한 표정으로 철방을 향해 뚜벅뚜벅 걸어갔다.

"바늘이 필요하오."

담우천의 말에 한참 풀무질을 하고 있던 늙은 철장(鐵匠:대장장이)이 눈을 가늘게 뜨며 돌아보았다.

"바늘? 그 옷 깃는 바늘 말이우?"

"그렇소."

"잘못 찾아오셨수. 여긴 그런 거 없다오."

하기야 바늘이 필요하면 자수(刺繡) 가게를 가는 게 옳았다. 그러나 담우천은 여전히 해를 등지고 선 채 말했다.

"없다면 하나 만들어주시오."

철장이 허리를 폈다. 별 이상한 놈 다 본다는 표정이 주름진 얼굴 가득 스며들었다. 하지만 그것도 잠시, 담우천이 꺼내 든 은자 백 냥짜리 전표를 보고는 금세 표정이 달라졌다.

"강철로 만든 바늘이 필요하오. 세 겹 가죽을 단번에 꿰맬 수 있을 정도로 단단한 놈이 말이오."

담우천은 철장에게 전표를 건네며 말했다. 늙은 철장은 두 손으로 받아 든 전표의 액수를 확인하고는 두 눈을 끔뻑거리며 말했다.

"언제까지 필요하십니까요?"

"저녁 먹기 전까지."

"그건 좀 곤란한뎁쇼."

늙은 철장은 전표를 만지작거리며 말했다.

"물론 강철이라면 있습니다만 그걸 적당한 크기의 바늘로 만들려면 많은 시간과 노력이 들어가야 합니다. 우선 강철을 잘라서 조그맣게 만드는 일부터 시작해서……"

담우천이 그의 말을 잘랐다.

"강철을 적당한 크기로 자르는 건 내가 도와드리리다."

늙은 철장은 입을 다물었다. 그리고는 담우천의 아래위를 훑어보다가 문득 그의 허리춤에 걸려 있는 검에 시선을 멈췄다. 그의 입가에 조롱의 미소가 희미하게 걸렸다.

'흥, 검을 든 걸 보니 무림인인 모양이구먼. 나름대로 힘에는 자신이 있다 이건가 본데.'

어림없는 소리다. 강철을 자르는 건 힘으로 되는 일이 아니다. 아무리 날카로운 검을 지녔다고 하더라도, 설령 태산을 허물 힘을 가졌다고 하더라도 강철을 바늘 크기로 자른다는 건 불가능한 일이었다.

하지만 늙은 철장은 아무런 말없이 몸을 돌렸다. 그는 구석진 곳에 놓여 있던 벽돌 크기의 강철을 가지고 돌아왔다. 어디 한번 마음대로 해보슈 하듯 늙은 철장은 입을 다문 채 그 강철을 담우천에게 건넸다.

담우천은 강철을 받아 들며 무미건조하게 물었다.

"어느 정도 크기로 자르면 되오?"

"요 정도."

철장은 손가락으로 대충 크기를 표현해 주었다. 담우천은 가볍게 고개를 끄덕이고는 검을 빼 들었다. 그리고는 마치 무를 베듯, 강철 모서리 한쪽을 가볍게 베어냈다.

동시에 늙은 철장의 눈이 화등잔만 해졌다. 턱이 빠진 듯, 입이 절로 쩌억 벌어졌다.

있을 수 없는 일이 지금 그의 눈앞에서 벌어지고 있는 것이다. 검으로, 그것도 별 볼일 없어 보이는 평범한 검으로 저 단단하기 그지없는 강철을 썽둥 베어내고 있는 게다. 그것도 겉으로 보기에는 그저 시골 촌부처럼 생긴 녀석이.

"이 정도면 되었소?"

담우천은 둘째손가락 크기로 베어낸 강철을 보여주며 물었다. 철장은 입을 다물지도 못한 채 황급히 고개를 끄덕였다. 담우천은 강철들을 건네 주며 말했다.

"그럼 저녁나절에 다시 오겠소."

"그, 그러십쇼."

늙은 철장은 반쯤 정신이 나간 표정으로 대답했다.

철방을 나서는 제 아버지를 쳐다보면서 담호는 의기양양한 표정을 지었다. 아무리 세상 물정 모르는 꼬마라고는 하지만 방금 아버지가 보여준 신위가 어느 정도인지는 잘 알고 있는 것이다.

아니, 무엇보다 저 늙은 철장이 보여주었던 얼굴, 그러니까 마치 사람이 아닌 자를 본다는 것처럼 얼이 빠진 표정이 담호의 어깨를 절로 으쓱거리게 만들고 있었다.

'세상에서 가장 강해, 우리 아빠가.'

담호는 그렇게 생각하면서 아버지의 손을 꽉 쥐었다. 담우천이 무슨 일이냐는 듯이 그를 내려다보았다. 담호는 헤헤, 웃으면서 그 시선을 마주보았다. 담우천의 얼굴에 살짝 당혹스러운 표정이 떠올랐다가 사라졌다. 그는 가볍게 헛기침을 하며 고개를 돌렸다.

그때였다.

"그래, 네놈들을 다시 만날 줄 알았다!"

거칠고 살기등등한 외침이, 정겨워 보이는 부자의 등 뒤로부터 맹수의 울음처럼 들려왔다.

第三章
약속할게요, 아빠

하나의 무공은 여러 개 혹은 수십 가지의 초(招)와 식(式)으로 이루어져 있다. 그 초식들을 능숙하고 원활하게 사용할 수 있도록 연결한 게 투로였다.

하지만 정작 싸움에 들어가서는 투로는 무용지물이 되었다. 어떤 일이 어떤 식으로 벌어질지 모르는 상황에서 인위적으로 이어진 투로대로 움직였다가는 뒤통수 얻어맞고 쓰러지기 십상이었다.

## 1. 복수는 우리의 것

꽤나 많은 술을 마시기는 했다.

제대로 균형을 잡기도 힘들었고 휘두르는 주먹과 내지르는 발길질에 힘이 실릴 리도 없었다. 그러니 그들의 평소 실력에 절반도 다 발휘하지 못할 수밖에 없었다.

하지만 그건 변명이 될 수 없었다. 아무리 술에 취했다고는 하지만 그들의 상대는 불과 여덟아홉 살 정도밖에 되어 보이지 않는 꼬마가 아니었던가.

한 주먹거리도 되지 않는 꼬마에게 박살 난 것이다. 평소 정주사패라는 별호로 인근 거리를 활개치고 다니던 그들의 체면이 땅에 떨어진 건 당연한 일이었다. 그날 저녁 이후 사람들은 그들을 보며 수군덕거렸고 흘낏거리며 비웃었다.

물론 정주사패는 자신들을 비웃는 사람을 용서하지 않았다. 길을 걷다가 흘낏 눈이 마주치기라도 하면 무작정 주먹을 휘두르고 발길질을 했다. 등 뒤에서 누군가의 웃는 소리가 들려오면, 그게 자신들을 향한 것인지 아닌지 상관하지 않고 무조건 팼다.

사람들은 그들을 미친 개 취급하며 피해 다녔다. 하지만 정주사패는 여전히 굴욕과 수치감으로 어쩔 줄 몰라 했다. 아무리 행인들을 협박하고 때려도, 그들 가슴속에 새겨진 치욕의 낙인은 지워지지 않았다.

그래서였다, 패거리들을 이끌고 정주 거리를 휩쓸고 다니면서 그 꼬마 녀석을 찾기 시작한 것은.

반드시 복수를 해주마. 어리다고 봐주지 않을 것이다.

그들은 눈에 불을 켠 채 객잔과 술집, 거리를 돌아다니며 자신들에게 굴욕감을 심어준 애송이를 찾았다. 그리고 이틀 만에, 정주의 남쪽 저잣거리에서 놈을 발견한 것이다.


2. 투로와 초식


"그래, 네놈들을 다시 만날 줄 알았다!"

살기등등한 목소리가 등 뒤에서 들려왔다. 담우천은 걸음을 멈추고 천천히 몸을 돌렸다. 잔뜩 눈을 부라린 예닐곱 명의 사내가 길가의 행인들을 마구 밀치며 달려오는 모습이 보였다.

개중 한 명이 담우천의 눈에 익었다. 그 얼굴을 확인한 순간 담우천은 저도 모르게 한숨을 내쉬었다. 이틀 전 그의 아들 담호에게 치욕스러운 패배를 당했던 정주사패 중 한 명의 얼굴이었던 것이다.

"변함이 없군, 이 동네."

담우천은 저도 모르게 그렇게 중얼거렸다.

복수는 그 어떤 것보다 우선인 동네. 스스로의 힘이 역부족이라면 아는 인맥을 총동원하면서까지 해야 하는 복수. 또 사연이야 어쨌든 지인의 복수라면 기꺼이 제 목숨까지 빌려주는 사람들.

강호를 떠난 지 수년이 흘렀지만 역시 이 동네는 변한 게 없었다. 제 역량 모르고 불에 뛰어드는 불나방 같은 애송이들까지도.

담우천이 잠시 그런 생각을 하는 동안 정주사패와 그 패거리들은 단숨에 그를 에워쌌다.

행인들은 행여 자신들에게 피해라도 생길까 봐 길 한쪽으로 우르르 도망쳤다. 그럼에도 불구하고 먼발치에서나마 고개를 기웃거리고 있는 것은, 역시 불구경처럼 재미있는 싸움 구경을 할 수 있다는 기대감 때문이리라.

칼과 도끼 등의 흉악한 무기를 든 일곱 명의 사내가 에워싼 가운데, 아직도 멍이 가라앉지 않은 얼굴의 사내가 담우천을 노려보며 소리쳤다.

"네놈 간이 배 밖으로 튀어나왔구나. 우리 어르신들이 네놈을 찾고 있을 줄 뻔히 알면서도 한가롭게 저잣거리 구경이나 하다니!"

담우천은 망설였다. 상대가 저리 말하는데 도대체 뭐라고 대꾸를 해야 할지 알 수가 없었던 것이다. 그걸 또 오해한 모양이었다. 한쪽 눈두덩이 시퍼렇게 부어오른 작자가 다시 한 번 소리쳤다.

"흥! 후회해도 이미 늦었다. 오늘이야말로 네놈과 애새끼들의 제삿날인 줄 알아라!"

"다른 쪽 눈덩이도 시퍼렇게 멍들고 싶어요?"

담호가 앞으로 나서며 야무진 표정을 지었다.

정주사패의 패거리들이 그제야 담호를 보고는 눈이 휘둥그레졌다. 그들은 '이런 꼬마에게 당한 거야?' 하는 눈빛으로 정주사패의 얼굴을 돌아보았다. 시퍼렇게 눈이 부은 사내의 얼굴이 일그러졌다.

"이 개자식이 정말! 어리다고 봐줬더니 하늘 높은 줄 모르고 기어오르는구나!"

담호는 지지 않았다.

"그럼 나와 일대일로 다시 한 번 붙어서 과연 누가 하늘 높은 줄 모르나 볼까요?"

사내의 얼굴이 시뻘겋게 달아올랐다. 그는 들고 있던 칼을 당장에라도 휘두를 것처럼 하늘 높이 쳐들었다.

그 흉악한 기세에도 불구하고 담호는 전혀 기죽은 표정이 아니었다. 외려 살짝 허리를 숙이고 한 발을 뒤로 빼는 동작을 취하면서 사내의 공격에 대비하는 자세를 잡았다.

그러자 정작 사내는 덤벼들지 못했다. 이틀 전 처참할 정도로 얻어터졌던 기억이 그의 움직임을 방해하고 있는 것이다. 사내가 움직이지 못하자 패거리 중 한 명이 눈살을 찌푸리며 말했다.

"뭘 우물쭈물하는 거야, 동주(銅柱)?"

동주라 불린, 정주사패 중 한 명은 살짝 고개를 숙이며 변명했다.

"죄송합니다, 오(吳) 당가(當哥). 아무리 그렇다고 해도 저런 꼬마 녀석에게 칼을 휘두르기가 영……"

"넌 그렇게 마음이 약한 게 탈이라니까."

이십대 중반으로 보이는 청년은 거만하게 말했다. 반면 삼십대 초반의 동주는 오 당가라 부른 청년 앞에서 어쩔 줄 몰라 하고 있었다.

"어린아이라고 봐주니까 그렇게 당한 거라구. 이 험한 세상에서 그렇게 착하게 살면 안 되지."

혀를 끌끌 차며 말하던 오 당가는 말이 끝나기도 무섭게 칼을 휘둘렀다. 그의 대도(大刀)가 세찬 바람을 일으키며 담호의 목을 내리그었다. 멀리서 지켜보던 행인들이 그 잔악한 광경을 보고 깜짝 놀라며 비명을 내질렀다.

그러나 정작 담호는 조금도 겁먹지 않은 채 칼이 내려치는 방향을 지켜보다가 개구리처럼 땅바닥에 납작 엎드렸다. 오당가의 칼이 거센 파공성을 일으키며 담호의 머리 위를 스쳐지나갔다.

바로 그 순간, 담호는 지면을 박차고 뛰어올랐다. 단번에 오 당가의 얼굴까지 날아든 소년의 무릎이 정확하게 그의 턱을 가격했다.

그것은 혁자룡이 가르쳐 준 비연투추였다. 아니, 정확하게 말하자면 담호가 비연투추를 응용하여 만든 또 다른 초식이라 할 수 있었다.

일순 오 당가의 눈빛이 급변했다.

제 시야를 가득 메우며 날아드는 소년의 움직임이 예상보다 훨씬 빠르고 날렵했던 까닭이었다.

하지만 그는 정주사패의 강구처럼 그 일격에 턱을 얻어맞고 나자빠지지 않았다. 외려 그는 어깨를 살짝 비트는 것으로 담호의 공격을 막는 동시, 왼손을 들어 담호의 발목을 낚아채고 있었다.

나름 회심의 일격이라고 생각하며 몸을 날렸던 담호의 안색이 창백해졌다. 상대가 이렇게나 간단하게 자신의 공격을 피해낼 줄은 몰랐던 것이다. 더불어 아차 하는 순간 그의 발목이 오 당가의 손아귀에 들어갔다.

담호는 낭패다 싶어 다른 발로 놈의 얼굴을 걷어차려 했지만 그보다 빨리 오 당가는 왼팔을 크게 휘둘렀다. 담호는 균형을 잃고 오 당가의 손길에 따라 풍차처럼 휘돌려졌다.

오 당가는 담호의 발목을 쥔 채 마구 휘돌리면서 담우천을 바라보았다.

"이대로 패대기를 쳐 볼까? 개구리처럼 납작해지려나?"

오 당가의 말에 동주를 비롯한 패거리들이 박수를 치며 웃었다. 담우천은 여전히 무심한 눈빛으로 그를 바라보았다. 오당가의 입술 언저리가 실룩거렸다.

'기분 나쁜 놈이다.'

제 자식이 언제 죽을지 모르는 상황에 처해 있는데도 눈썹하나 움직이지 않는 놈이다. 태생의 성격이 그러한 걸까. 아니면 평소 수련의 결과물인 것일까.

왠지 모를 소름이 등골을 타고 뻗어 내려가는 순간, 오 당가는 문득 저 기분 나쁜 자식이 자신을 보고 있지 않다는 사실을 깨달을 수 있었다. 놈의 시선은 오 당가가 마구 휘두르고 있는 담호라는 소년에게 향한 상태였다. 오 당가는 그 눈빛의 의미를 알 것 같았다.

─그 녀석 정도면 네가 충분히 상대할 수 있단다.

놈은 지금 그렇게 말하고 있었다. 자식에 대한 믿음, 신뢰감. 반면 오 당가의 실력에 대한 형편없는 평가.

오 당가의 눈가에 살기가 돌았다.

'좋아, 정 그렇다면 네 아들놈의 내장이 바닥에 쏟아지는 걸 보여주마! 아니, 머리가 깨져 뇌수가 흐르는 걸 보여주마!'

그는 잡고 있던 담호를 하늘 높이 쳐들었다가 땅바닥을 향해 있는 힘껏 패대기쳤다. 담호는 머리부터 땅바닥으로 내려꽂혔다.

멀찌감치 떨어져서 구경하던 행인들이 기겁하며 비명을 질렀다. 마음 약한 몇몇 이는 눈을 가리거나 고개를 돌리기도 했다.

뼈가 부러지는 듯한 소리가 들렸다. 하지만 그것은 하늘 높이 솟구쳤다가 땅바닥에 패대기쳐지면서 머리뼈가 박살나는 소리와는 조금 거리가 먼, 마치 손목이나 어깨뼈가 부러지는 듯한 소리였다.

동시에 지켜보고 있던 사람들이 일제히 탄성을 내질렀다. 금방이라도 땅에 부딪칠 것만 같았던 소년이 새우처럼 몸을 구부리며 오 당가의 어깨를 가격했던 것이다. 조금 전 들려왔던 소리는 바로 오 당가의 어깨뼈가 부러지는 소리였다.

"윽!"

오 당가는 짧은 신음을 흘리며 담호의 발목을 놓았다. 자유의 몸이 된 담호는 지면으로 떨어지는 와중에 몸을 뒤틀며 곧장 오 당가의 엉덩이를 향해 손을 뻗었다. 담호의 수도(手刀)는 정확하게 오 당가의 엉덩이 깊숙한 곳을 파고들었다.

"커억!"

오 당가는 기괴한 비명을 내질렀다. 그것은 생전 처음 겪어보는 고통이었다. 뜨거운 무언가가 그의 내장을 단번에 꿰뚫는 듯한 충격과 아픔!

지면에 등을 대고 누운 담호는 방금 펼쳤던 선룡출궁에 이어 토룡경천(土龍驚天)의 수법으로 두 손으로 균형을 잡으면서 두 발로 오 당가의 엉덩이를 다시 한 번 걷어찼다. 오 당가는 극심한 격통에 그만 비명도 지르지 못한 채 앞으로 꼬꾸라지고 말았다.

담호는 자리에서 벌떡 일어나 다시 자세를 취하며 사내들을 노려보았다. 소년의 가슴은 마구 격동하고 있었지만 눈빛만큼은 제 아비처럼 냉정하게 가라앉아 있었다.

'제법 좋은 수법이었다.'

지켜보고 있던 담우천은 내심 고개를 끄덕였다.

'내공이 실린 파산일권(破山一拳)에 선룡출궁, 그리고 토룡경천까지 용무팔권의 초식들이 원활하게 이어졌다. 그동안 익혔던 초식들을 투로(套路)와 상관없이, 적재적소에 활용할 줄 알게 되었구나.'

하나의 무공은 여러 개 혹은 수십 가지의 초(招)와 식(式)으로 이루어져 있다. 그 초식들을 능숙하고 원활하게 사용할 수 있도록 연결한 게 투로였다.

하지만 정작 싸움에 들어가서는 투로는 무용지물이 되었다. 어떤 일이 어떤 식으로 벌어질지 모르는 상황에서 인위적으로 이어진 투로대로 움직였다가는 뒤통수 얻어맞고 쓰러지기 십상이었다.

그래서 실전에 들어가면 투로는 버려야 했다. 바둑도 그런 식이 아니던가. 처음에는 정석을 외우지만 나중에는 정석을 버려야 하는 것처럼, 투로에 얽매이지 않고 초식을 자유자재로 사용할 수 있게 되어야 비로소 한 사람의 무인이 될 수 있는 법이다.

적재적소에 어울리는 초식을 사용할 줄 안다는 것은 그만큼 상당히 어려운 일이었다. 그런 의미에서 보자면 이제 담호는 한 사람의 무인이라 할 수 있었다.

'이제 어지간한 삼류무인 정도는 상대할 힘을 가지게 되었군.'

담우천은 올해 아홉 살이 된 담호의 조그마한 뒷모습을 지켜보면서 그렇게 생각했다.

"비, 빌어먹을!"

믿고 있던 오 당가가 어처구니없을 정도로 간단하게 쓰러지자, 동주는 얼굴이 새파랗게 질린 채 온몸을 부들부들 떨었다. 그는 서둘러 오 당가에게로 달려가 물었다.

"괜찮으십니까?"

하지만 오 당가는 대답할 수 없었다. 이미 눈이 까뒤집힌 채 게거품까지 물고 있었다. 상당히 큰 충격을 입은 게 확실했다. 동주는 고개를 홱 돌리며 담호를 향해 소리쳤다.

"이 개자식! 이분이 누군지 아느냐?"

담호는 어깨를 들썩거리며 호흡을 고르는 중이었다. 꽤나 지친 모습이었지만 여전히 소년의 눈빛만큼은 활활 타오르고 있었다.

그 눈빛과 마주친 동주는 다시 한 번 부들부들 떨었다.

그것은 공포도 두려움도 아니었다. 더 이상 참을 수 없는 분노와 살기, 단번에 때려죽여도 시원치 않다는 증오가 그의 몸을 떨리게 만들고 있었다.

"뭣들 해! 당장 저 천둥벌거숭이를 해치우지 않고!"

동주가 버럭버럭 소리치며 칼을 휘둘렀다. 그의 패거리들도 정신을 차리고 함성을 내지르며 덤벼들었다.

일순, 당당하게 서 있던 담호의 얼굴에 처음으로 긴장과 두려움의 표정이 떠올랐다. 이내 그의 손발이 어지러워졌다. 일 대 일의 비무라면 모르되, 이런 난장판에서 마구잡이로 휘둘러 오는 칼과 도끼를 제대로 지켜보면서 피하기에는 아무래도 실전 경험이 부족한 것이다.

한번 균형을 잃고 평정심을 놓치자, 이내 담호는 수세에 몰리기 시작했다. 쌩쌩 불어닥치는 공포스러운 파공성 사이로 살기 번들거리는 칼날과 도끼날이 소년의 머리와 가슴, 허벅지를 노리고 마구 파고들었다.

아차 하는 순간에 그의 허벅지와 어깨 어림에 칼자국이 새겨졌다. 핏물이 튀는 순간 담호의 얼굴도 새파랗게 질렸다. 고통보다는 두려움이 그의 전신을 지배하기 시작한 것이다.

담호는 정신없이 이리 뛰고 저리 뛰면서 자신에게 쏟아지는 칼날 세례를 피하는 데 정신이 없었다.

하지만 영활하고 날렵하던 그의 움직임이 거짓말처럼 딱딱하고 어색해졌다. 그 바람에 하마터면 동주의 칼날에 목이 잘릴 뻔하는 위기도 맞아야 했다.

"쯧쯧."

담우천은 아들의 위기를 지켜보면서 혀를 찼다.

'냉정하고 차분한 마음을 유지하면서 칼과 도끼가 날아드는 방향을 지켜본다면 충분히 피할 수 있는 공격이다. 그런데 한 번 피를 본 것으로 그만 공포와 두려움이 생긴 게다. 몸이 제대로 움직이지 않고 생각하는 대로 공수의 전환이 이어지지 않는 건 바로 그 때문이다.'

담우천이 그렇게 속으로 중얼거릴 때, 행인들 사이에서 비명이 터졌다. 날랜 다람쥐처럼 이리저리 폴짝 폴짝 뛰면서 도망치던 담호가 그만 땅바닥의 돌멩이에 걸려 앞으로 꼬꾸라

진 것이다. 그 위로 서너 개의 칼과 도끼가 동시에 내려꽂혔
다.

일촉즉발의 순간!

"커억!"

"으악!"

연달이 비명이 터져 나왔다. 그와 동시에 담호를 향해 공격
을 퍼붓던 사내들이 어깨와 옆구리를 부여잡은 채 주춤주춤
뒤로 물러나고 있었다. 그들의 옆구리와 어깨에서는 피가 분
수처럼 흘러나왔다.

언제, 어떻게, 누구에게 당한 것일까.

물론 일검을 날려 동시에 다섯 명의 사내에게 부상을 입힌
건 담우천이었다.

그러나 정작 당한 그들은 물론이거니와 저잣거리에 있던
수많은 사람 중 어느 누구도 담우천이 손을 쓰는 모습을 보지
못했다. 그저 그들은 방금 전 무슨 일이 일어났는지 몰라 눈
만 끔벅거리며 장내를 바라고 있을 따름이었다.

삽시간에 장내가 쥐 죽은 듯 조용해진 가운데 담우천이 한
걸음 앞으로 움직였다. 여전히 그의 검은 허리춤의 검집 속에
있었다.

담우천은 쓰러져 있는 아들에게 다가가 천천히 그를 일으
켜 세웠다. 담호의 어린 얼굴은 흙먼지로 뒤덮여 있었다. 땀
에 젖은 머리카락, 그리고 아마도 쓰러진 채 울었을 듯한, 그

래서 얼굴마저 흠뻑 젖어 있는 소년을 내려다보며 담우천은
조용히 말했다.

"그만하면 잘했다."

담호는 애써 웃으려 했다. 하지만 그의 안색은 여전히 새파
랗게 질려 있었다.

담우천은 잠시 망설이다가 그런 아들을 살짝 껴안아 주었
다. 그리고는 다시 허리를 펴며 동주와 그 패거리를 둘러보았
다.

그의 시선과 마주친 자들은 하나같이 움찔거리며 고개를
숙이거나 시선을 외면했다. 여전히 무심한 담우천의 눈빛 속
에서 항거할 수 없을 정도로 압도적인 위압감이 뿜어져 나왔
기 때문이었다.


3. 들어본 적이 있다


"나는 살인을 별로 좋아하지 않는다."

담우천의 느닷없는 말에 동주와 그 패거리들은 마른침을
삼켰다.

"하지만 손속에 정을 두는 일도 그리 내켜하는 편은 아니
다. 모름지기 한번 검을 뽑으면 최소한 한 명의 목숨을 그 검
날 위에 얹으라고 배워왔으니까. 또 내가 검을 뽑는 건 확실
히 그만한 가치가 있는 일이니까."

동주는 지금 담우천이 무슨 이야기를 하는지 도통 이해할 수가 없었다. 그러나 함부로 입을 열 수도, 움직일 수도 없었다. 담우천의 눈빛과 마주친 이후 그는 뱀을 만난 개구리처럼 꼼짝할 수가 없었다.

"그러니 마지막으로 경고하마. 이 정도에서 물러난다면 모두 살려주마. 두 번 다시 우리 앞에 나타나지 않겠다고 맹세한다면 내 아들에게 칼과 도끼를 들이댔던 일은 없던 걸로 해주마."

동주의 눈빛이 눈에 띄게 흔들리고 있었다.

평소라면 담우천의 말을 받아서 '뚫린 입이라고 말은 잘하는구나!', '감히 어디서 협박질이냐?', '죽여 버리겠다!' 등등 대꾸할 말이 많았다.

하지만 입이 열리지 않으니 말이 튀어나오지 않는다. 심장이 멈춰 버릴 것 같은 긴장과 숨을 쉴 수 없을 정도의 압박감이 동주의 전신을 억누르고 있었다.

바로 그때였다.

"너 이 자식, 죽여 버리겠다!"

동주가 하고 싶었던 말을 누군가 크게 외친 것이다. 동주는 저도 모르게 고개를 돌렸다.

또 다른 패거리들이 남쪽 거리에서 달려오고 있었는데, 그중 선두에서 달려오며 눈을 부라리고 크게 소리치는 자는 정주사패의 우두머리 격인 강구였다.

그는 서너 패로 나눠서 정주 거리를 샅샅이 훑던 중, 담우천 일행을 발견했다는 소식을 듣고 허겁지겁 달려온 것이다. 그뿐만 아니었다. 또 다른 패거리 역시 이곳 저잣거리를 향해 몰려오고 있었다.

순식간에 동주 앞까지 달려온 강구는 숨을 몰아쉬면서 그의 어깨를 두드렸다.

"잘했네, 동주. 놈이 도망가지 못하게 붙들고 있었군."

동주는 난감한 표정을 지었다. 그러나 강구는 동주의 얼굴을 바라보지 않았다. 그는 담우천과 담호를 노려보며 이를 갈 듯 말했다.

"드디어 만나는구나, 이 개자식들!"

담우천은 한숨을 내쉬었다.

역시 손속에 정을 둘 필요가 없다. 외려 귀찮은 일과 마주치게 되는 구실만 주는 셈이다. 애당초 처음 저자들과 시비가 붙었을 때 제대로 손을 봐줬어야 했다. 그랬다면 이런 일은 생기지 않았을 것이다.

강구는 그의 한숨을 오해한 모양이었다.

"흥! 이제 와서 후회해 봤자 늦었다! 오늘이야말로 네놈과 네 새끼들의 제삿날이 될 줄 알아라!"

그건 이미 들어본 적이 있는 말이다.

담우천은 다시 한숨을 쉬었다. 단순무식한 놈들이라 그런지 내뱉는 말도 비슷비슷한 게다.

담우천이 아무 말 없이 한숨만 내쉬자 강구의 얼굴이 살짝 일그러졌다. 뭔가 이상하다 싶은 생각이 든 까닭이었다. 그는 그제야 잠시 이성을 차리고 주변을 둘러보았다. 일순 그의 눈에 살짝 의혹의 빛이 일렁거렸다. 있어야 할 사람이 보이지 않았다.

"오 당가는? 동주 자네와 함께 계시지 않았나?"

바보. 이제야 그걸 알아차린 건가.

동주는 뒤쪽으로 시선을 돌렸다. 강구의 시선도 따라 움직였다. 동료들에 의해 한쪽 구석으로 옮겨져 있는 오 당가. 여전히 죽은 듯 꼼짝하지 않고 누워 있는 그를 보고는 강구가 깜짝 놀라며 물었다.

"설마 죽은 거야?"

동주는 힘들게 고개를 흔들었다. 강구는 천만다행이라는 듯 한숨을 내쉬었다. 그리고는 담우천을 노려보며 으르렁거렸다.

"저분이 누군지 아느냐?"

그것도 들어본 말이다.

담우천은 무심한 눈빛으로 강구를 바라보았다. 강구는 호랑이처럼 눈을 치켜든 채 그를 노려보다가 시선이 마주치자 저도 모르게 찔끔 움츠리며 눈을 돌렸다. 하지만 여전히 그의 입은 거칠었다.

"네놈들이 제 명에 죽지 않으려고 작정을 했구나! 감히 정

주 아문(衙門) 추관(推官) 나리의 큰아들을 건드려?'

담우천의 눈썹이 살짝 꿈틀거렸다.

추관이란 정칠품의 문관으로 한 곳의 포도아문을 책임지는 직위였다. 그 밑으로 대포두라 불리는 순검(巡檢), 일반 포두, 포쾌, 그리고 포졸과 정용 등, 수백 명에서 수천 명까지의 수하를 두고 있는 권력자이기도 했다.

하지만 담우천은 내심 고개를 갸웃거렸다.

'당가라면서?'

당가(當哥)는 일반적으로 흑도문파 쪽에서 두목, 형님이라는 의미로 사용되는 말이었다. 그런데 지금 추관의 장남을 두고 강구나 동주가 오 당가라고 부르고 있었다. 기묘한 일이었다.

"이제 네놈은 죽었다! 우리가 아니더라도 관가에서 결코 네놈과 네 새끼들을 가만 놔두지 않을 것이다!"

강구는 악을 쓰며 소리쳤다. 주변에서 구경하는 행인들 모두 들으라는 것이다.

'곤란하게 되었군.'

확실히 담우천은 난처한 얼굴이 되었다.

흑도문파의 당가라면 놈이 죽거나 말거나 상관이 없었지만 추관의 자식이라면 이야기가 달라진다.

만약 놈이 죽는다면 담우천과 자식들은 살인범이라는 죄목이 달리고 평생 관(官)의 추격을 받아야 했다. 곳곳마다

그들의 용모파기(容貌疤記)가 적힌 방이 나붙고 노인(路引:
여행 증명서)이나 호패(號牌:신분증)에 대한 검문검색이 심
해질 터이니 타 지방이나 성시(城市)로 여행하는 게 힘들어
진다.

자하를 찾는 일만으로도 정신없는데 벌써 몇 곳이나 적을
만들었는지 모른다. 거기에 이제는 관가까지라니.

곤란한 일이다. 난처한 일이다. 두렵거나 겁이 나는 건 아
니지만 성가시고 귀찮을 게 뻔한 일이다. 언젠가 자조적으로
중얼거렸던 농담처럼, 이러다가 전 무림을 적으로 두게 될지
도 몰랐다.

그러니 지금 상황에서 최선은 놈들을 설득하는 것, 차선이
라면 아예 이 상황을 지켜본 모든 자를 죽여서 입을 막는 살
인멸구(殺人滅口).

'그러기에는……'

지켜보고 있는 행인이 너무 많다.

담우천은 멀리 떨어진 채 구경하고 있는 자들을 힐끗 보고
는 마음을 정했다. 그는 담호의 손을 붙잡은 채 성큼성큼 앞
으로 걸어 나갔다.

동주가 움찔 놀라며 뒤로 물러났다. 강구 또한 그의 느닷없
는 행동에 놀란 듯 소리쳤다.

"뭐, 뭐하려는 거냐?"

담우천은 거침없이 그들의 곁을 지나쳐서 오 당가에게로

다가갔다. 그의 등을 악독한 눈빛으로 노려보던 강구가 들고
있던 칼을 휘두르려 했다.

"아서, 죽는다."

등 뒤에 눈이 달린 듯 담우천이 그렇게 말했다. 강구가 깜
짝 놀라며 손을 내렸다. 동주가 그의 소매를 잡아당기며 고개
를 흔들었다.

'우리 상대가 아냐.'

동주의 눈빛이 말하고 있었다. 강구는 눈을 끔뻑거리다가
삑 하고 소리쳤다.

"입이 얼어붙기라도 한 거야? 왜 말을 못해!"

맞았다. 공포와 두려움, 긴장과 불안으로 지금 동주의 입이
얼어붙은 것이다.

동주는 사색이 된 채 몇 번 입을 뻐끔거리더니 결국 고개를
젓고 동패들을 가리켰다. 조금 전 담우천의 일격으로 부상을
입은 자들이었다.

강구가 인상을 쓰며 말했다.

"싸우다가 다칠 수도 있지."

동주는 고개를 저었다. 그게 아니라는 거다. 강구가 답답
하다는 듯이 소리쳤다.

"뭐야, 말 좀 하라니까! 벙어리도 아닌 것이 왜 말을 못해?
설마 나를 놀리는 건 아니겠지?"

그때 동주의 입이 열렸다.

"아, 아무도 못 봤다구."

"거 봐! 말을 할 수가 있잖아. 응? 아무도 못 봤다니?"

"저, 저자가 검을 빼 들고 휘두른 것 말야. 아무도 못 봤네. 그런데 한꺼번에 다섯 명이 저렇게 부상을 입은 걸세."

허공을 가르는 파공성도 없었다. 눈앞을 새하얗게 물들이는 섬광도 없었다. 그저 응? 하는 사이에 뭔가 따끔하더니 이내 견딜 수 없는 고통으로 밀려들었다. 무슨 일인가 싶어 고개를 숙였더니 옆구리에, 허벅지에, 가슴에서 피가 흐르고 있는 것이다.

언제 당했는지도 모른 채 당한 게다. 담우천에게 당한 당사자가 그러했으니 지켜보는 사람들은 더더욱 알 리 없었다. 놈, 저 어수룩하게 생긴 자가 알고 보니 무림 최절정의 고수였던 게다.

동주의 설명을 들은 강구는 세차게 머리를 휘저으며 부인했다.

"마, 말도 안 돼."

고수는 고수의 기도를 풍기는 법, 어딜 봐도 저자는 시골 촌부에 불과했다.

기껏해야 떠돌이 낭인 정도나 될까.

그게 강구의 생각이었고, 또 조금 전까지 동주가 했던 생각이기도 했다.

"사실이라니까. 자네가 오기 전까지 우리는 다 죽는 줄 알았다구."

"흥, 그러니까 자네가 저자를 붙들고 있었던 게 아니라 저자가 자네들을 붙잡고 있었던 게였군."

'응, 협박까지 당하면서도 꼼짝하지 못했지.'

동주의 얼굴이 살짝 붉어질 때였다.

"내가 확인해 보지."

강구는 조그맣게 말하며 살금살금 걸음을 옮겼다. 그는 칼을 높이 치켜들고 담우천의 등 뒤로 다가섰다.

이때 담우천은 바닥에 쭈그리고 앉아 오 당가의 상세를 확인하는 참이었다.

오 당가의 부상은 생각보다 심했다. 그의 바지는 회음혈 쪽에서 흘러나온 핏물로 흥건하게 젖어 있었다. 아무래도 내장이 파열된 게 아닌가 싶었다. 어린아이의 손가락이 만들어낸 부상치고는 심각한 수준이었다.

담우천은 한숨을 쉬며 말했다.

"정말 죽고 싶은가 보군."

그의 등 뒤에서 누군가 움찔했다. 담우천의 곁에 서 있던 담호가 뒤늦게 고개를 돌려 확인하고는 벼락처럼 지면을 걷어차고 뛰어올랐다.

"컥!"

담호의 무릎에 턱을 강타당한 강구가 혀 짧은 비명 소리를 내며 나동그라졌다. 엊그제와 똑같은 일격에 당한 것이다.

담우천이 자리에서 일어나며 천천히 몸을 돌렸다. 강구가 낭패한 몰골을 한 채 버둥거리며 일어서려는 모습이 한눈에 들어왔다.

담우천은 가볍게 발을 들어 그의 가슴을 밟았다. 강구는 손발을 허우적거렸다. 담우천은 천천히 발에 힘을 주며 말했다.

"죽고 싶으면 말해라. 언제든지 죽여줄 테니."

"크윽."

발에 힘이 가해지면서 우두둑 소리가 발밑에서 들려왔다. 강구의 안색은 참을 수 없는 격통에 새파랗게 변했다. 반면 여전히 담우천의 어조는 무심했다.

"하지만 저승길이 외롭다고 해서 애꿎은 사람들까지 끌어들이지는 말라. 네 이기심과 한 점 쓸데없는 자존심 때문에 괜한 놈들까지 죽이기는 귀찮으니까 말이다."

"사, 살려주십쇼."

마구 발버둥을 치던 강구는 갈비뼈가 부러지는 듯한 고통에 그만 저도 모르게 애원하며 빌기 시작했다.

"두, 두 번 다시 대협의 뒤를 쫓지 않겠습니다. 그러니 제발 살려주십쇼."

담우천은 냉정한 눈길로 그를 내려다보다가 발을 뗐다. 그리고는 동주를 돌아보며 말했다.

"오 당가라는 자, 지금이라도 빨리 의원에게 데리고 가면 죽지는 않을 것이다."

동주는 머뭇거리다가 동패를 향해 눈짓을 보냈다. 동료들은 담우천의 눈치를 살피며 조심스레 다가와 오 당가를 업고 줄행랑쳤다. 담우천은 동주의 얼굴을 똑바로 바라보면서 다시 말했다.

"기억해 두겠다, 네놈들의 얼굴을."

동주의 가슴이 철렁 내려앉았다.

"아까도 말했지만 나는 살인을 즐기지 않는다. 사람을 죽이면 반드시 귀찮은 일이 뒤따르게 되니까. 하지만 이미 귀찮은 일이 생겼다면 이야기가 달라지지. 이왕 귀찮아진 거, 한바탕 난리굿을 피울 수도 있으니까."

으르렁거리는 목소리도, 험상궂은 표정도 아니었다. 무심한 얼굴에 무심한 어조. 그런데도 동주는 사시나무 떨 듯 부들부들 떨고 있었다. 그는 저도 모르게 고개를 끄덕이며 말했다.

"며, 명심하겠습니다. 그런 일이 없도록, 어르신께 더 이상 귀찮은 일이 생기지 않도록 최선을 다하겠습니다."

"좋아."

담우천은 고개를 돌려 강구를 내려다보았다. 여전히 바닥에 드러누운 채 가쁜 숨을 몰아쉬며 고통에 겨워하던 강구도 얼른 대답했다.

"매, 맹세하겠습니다."

담우천은 고개를 끄덕였다. 그리고는 담호를 돌아보며 말했다.

"너도 앞으로는 함부로 나서지 말거라."

담호는 고개를 숙였다.

"약속할게요, 아빠."

第四章
그녀가 웃었다

상수는 선(線)이 아니라 공간을 보고 움직인다. 칼과 칼이 허공을 그으면서 생기는 빈 공간, 혹은 여러 명이 동시에 칼을 휘둘렀다가는 서로의 칼이 허공에서 얽힐 수밖에 없는 공간을 찾는 게 상수다.

그런 공간을 선점하게 되면 적은 칼을 휘두르지 못하고 다시 재정비를 해야 한다. 바로 역습의 순간인 게다.

## 1. 산처럼 쌓이는 감정

겨울의 짧은 해는 벌써 노루꼬리만큼 남았다. 장터의 사람들은 마지막 손님을 받기 위해서, 또 마지막 떨이를 얻어내기 위해서 분주히 움직이고 있었다.

아이들의 옷과 자신의 새 옷을 산 후 담우천은 다시 철방으로 발길을 옮겼다. 늙은 철장은 웃통을 걷어붙인 채 앉아서 장죽(長竹)을 빨고 있었다.

"딱 시간 맞춰서 오셨구려."

그는 담우천을 보고는 반색하며 말했다. 그가 내민 손바닥 위에는 두 개의 강철로 만들어진 쇠바늘이 놓여 있었다. 담우천은 바늘들을 들어 잠깐 살펴보고는 고개를 끄덕였다.

"원하던 물건이오. 고맙소."

그렇게 바늘을 챙긴 후 담우천은 담호와 담창과 함께 객잔의 별채로 되돌아왔다.

하루 종일 돌아다닌 탓인지 담창은 이미 광주리 안에서 축 뻗은 채 잠들어 있었다. 담우천은 담창을 침상에 눕히고 객청으로 돌아와 자리에 앉았다. 담호가 머뭇거리며 그의 옆자리에 앉았다.

담우천은 사온 옷가지와 물건들을 탁자 위에 풀어 놓으며 말했다.

"여러 명과 싸울 때도 마찬가지다."

담호가 고개를 들었다. 담우천은 탁자 위의 물건들에 시선을 고정한 채 말을 이어 나갔다.

"침착함을 유지한다면 일대일의 싸움이나 여러 명과의 드잡이질이나 다를 바가 하나도 없다. 그러니 늘 냉정을 잃지 않고 평정심을 유지해야 한다. 승부는 당황하거나 불안해하는 순간부터 결정이 나는 법이다."

담호는 고개를 숙인 채 그의 말에 귀를 기울였다. 지금 소년의 아버지는 저잣거리에서의 싸움에 대한 조언과 충고를 해주고 있었다. 소년은 당시 상황을 떠올리며 그의 말을 가슴에 새겼다.

"누구나 처음에는 당황하게 마련이다. 느닷없이 사방에서 새파란 칼날이 마구 쏟아지니까. 그때 어떻게 대응하느냐에 따라서 고수와 하수가 구분되는 법이다."

하수는 칼날이 파고드는 방향을 보고 무작정 몸을 피하고 본다. 하지만 그렇게 눈앞의 칼만 보고 움직이게 되면 결국 나중에는 한 발자국도 움직일 수 없는 상황에 처해지고 만다.

반면 중수는 팔의 움직임을 보고 피한다. 칼을 든 팔을 보고 움직이게 되면 상대의 빈틈을 노려 역공을 가할 수도 있고 또 상대의 뒤로 돌아갈 수도 있었다. 물론 적들이 진을 펼쳐서 서로의 허점을 보완하고 약점에 대비한다면, 역시 그것만으로는 부족해진다.

상수는 선(線)이 아니라 공간을 보고 움직인다. 칼과 칼이 허공을 그으면서 생기는 빈 공간, 혹은 여러 명이 동시에 칼을 휘둘렀다가는 서로의 칼이 허공에서 얽힐 수밖에 없는 공간을 찾는 게 상수다.

그런 공간을 선점하게 되면 적은 칼을 휘두르지 못하고 다시 재정비를 해야 한다. 바로 역습의 순간인 게다.

담호는 아버지의 말이 너무나도 어려워서 제대로 이해할 수가 없었다. 하지만 몇 번이고 속으로 중얼거리면서 잊지 않으려고 노력했다. 지금 이해할 수 없다면 조금 더 클 때까지 기억하고 있으면 된다.

그때 이해해도 늦지 않아.

담호는 그런 생각을 무의식적으로 하면서 담우천의 이야기를 끝까지 들었다.

"그럼 이제 들어가서 자거라."

이야기를 마친 담우천이 무뚝뚝하게 말했다. 담호는 머뭇거리다가 자리에서 일어나며 말했다.

"두 번 다시… 무서워하지 않을게요."

담우천은 소년을 돌아보았다. 담호는 잔뜩 굳은 얼굴로 말했다.

"아무리 위급한 상황을 맞이해도 아빠 말씀처럼 침착하고 차분하게 생각할게요. 앞으로는… 겁먹지 않을게요."

담우천은 가만히 담호의 눈을 들여다보다가 고개를 끄덕이며 말했다.

"그래야지. 또 그럴 것이다."

담호의 얼굴이 밝아졌다. 그는 환하게 웃으며 꾸벅 인사했다.

"그럼 안녕히 주무세요."

담호는 신난 듯 경쾌한 걸음으로 복도를 뛰어 제 방으로 들어갔다. 담우천은 잠시 그 뒷모습을 지켜보다가 묘한 표정을 지으며 중얼거렸다.

"글쎄. 잠을 잘 수 있을지 모르겠구나."

담우천은 홀로 남은 객청에 앉아 차를 마시면서 잠시 상념에 잠겼다.

강호라는 곳은 늘 그렇다. 사람과 사람이 부딪치면서 크고 작은 은원을 만들어낸다. 그 은원으로 인해서 불상사가 벌어지고 예치기 않은 돌발 상황이 일어난다.

정주사패 또한 마찬가지였다.

그들과의 다툼으로 인해 이제는 관가도 생각해 두어야 했다. 빠르면 내일 오후, 어쩌면 새벽녘에라도 담우천을 잡으라는 명령이 추관의 입에서 흘러나올 수 있었다. 경위야 어쨌든 자신의 아들을 반쯤 죽여 놓은 자들을 가만 놔둘 리 없을 테니까.

거 참……. 역시 강호로군.

아니, 어디 강호만 그러하겠는가. 사람 사는 곳이면 어디든 매한가지였다. 사람들끼리 부대끼면서 태산처럼 쌓이게 되는 감정들을 강물처럼 흘려보내는 사람은 그리 많지 않으니까.

잠시 그런 생각을 하던 담우천은 상념을 떨쳐 내려는 듯이 고개를 한 번 흔들고는 자신이 입고 있던 옷을 벗었다.

놀랍게도, 이 추운 날씨에 그는 달랑 옷 한 벌만을 걸치고 있었다. 그 옷을 벗자 흉터투성이인 맨몸이 드러났다. 자잘한 잔 근육들이 굴곡을 이루고 있는 가운데 오래된 상흔들이 크고 작은 지렁이처럼 온몸에 꿈틀거렸다.

그의 목에는 가죽 끈으로 이어서 목걸이처럼 만든 반지가 출렁거렸다. 꽤나 귀해 보이는 청옥(靑玉)으로 만든 반지였는데 아무리 봐도 사내의 장신구는 아닌 듯했다.

담우천은 벗은 윗도리를 탁자 위에 펼쳤다.

그것은 입지 않은 듯 가벼우면서도 한없이 질긴 잠사로 만들어진 무복이었다. 천잠묵갑이라는 이름까지 붙어 있는 무복. 과거 그가 목숨처럼 아꼈던 세 가지 보물 중의 하나이자, 지난 십 년 가까이 버리지 않고 귀중하게 보관하고 있었던 물건이었다.

'이 녀석 덕분에 몇 번인가 목숨을 구한 적이 있었지.'

담우천은 애정 어린 눈빛으로 무복을 바라보다가 검을 들었다. 그리고는 검날을 옷 속으로 집어넣은 다음 단숨에 결을 따라 반으로 잘랐다. 갑옷처럼 단단하고 질긴 무복은 실밥이 터지는 소리와 함께 너무나도 간단하게 찢어졌다.

그토록 아끼던 천잠무복을 여러 조각으로 만들면서도 담우천의 표정에는 아깝거나 아쉬워하는 감정이 전혀 보이지 않았다. 대신 그의 얼굴에는 좀처럼 드러내지 않았던 고민과 난처한 표정이 스며들었다.

옷 조각들을 가지고 이리저리 돌려보며 고민하던 그는 소맷귀의 실오리를 뜯어내 길게 풀어낸 다음 철방에서 만들어 가지고 온 쇠바늘의 귀에 꿰었다. 그리고 옷 조각들을 하나씩 꿰매기 시작했는데, 아무리 쇠바늘이라 하더라도 천잠무갑의 조각들을 기우는 게 쉽지 않은 듯한 모습이었다.

그렇게 얼마나 시간이 흘렀을까. 여러 개의 옷 조각이 차츰차츰 모양을 잡았다. 담호와 담창이 입을 만한 크기의 웃옷 두 개. 담우천은 이리저리 살펴보고는 마음에 들었는지 고개를 끄덕였다.

"속옷으로 입히면 괜찮겠군."

칼과 도끼가 난무하는 곳이었다. 여태까지는 큰 문제가 없었지만 앞으로 어떤 일이 벌어질지 몰랐다. 담우천이 아무리 조심하고 대비한다 하더라도 등 뒤의 칼을 막기 어려운 법이었다.

그래서 생각한 게 천잠묵갑이었다. 천잠묵갑은 무인들이라면 누구나 눈독을 들일 만한 보물이기는 했지만 지금의 담우천에게는 하등 쓸모가 없었다.

'하지만 아이들에게는 필요하겠지.'

담우천은 그렇게 만든 옷들을 가지고 아이들 방으로 향했다. 담호와 담창은 세상모르고 잠들어 있었다. 담우천은 그들이 깨지 않도록 살그머니 일으켜 앉혀서 옷을 입혔다. 눈대중으로 만든 웃옷이라 헐렁할 정도로 컸다. 그러나 담우천은 꽤나 만족한 얼굴이었다.

"좋군, 잘 만들었다. 이렇게 좀 크게 입어야지 오래 입는 거야."

중얼거리는 담우천의 입가에는 평소의 그답지 않게 희미

한 미소마저 스며들었다.

그는 아이들을 눕히고 이불을 덮어준 후 방을 나섰다. 일순 거짓말처럼 그의 표정이 바뀌었다. 그는 무심하면서도 세상일에 관조한 듯한 얼굴로, 어느새 어두워진 창밖을 내다보았다. 별 한 점 없는 깜깜한 밤이었다.

좋은 날씨다, 담을 넘기에는.

"오늘도 밤을 새야 할 것 같군."

그는 중얼거리면서 천천히 별채를 나섰다.


## 2. 살아 있어야 가능하니까

채담(蔡潭)은 잠자리에 대해 제대로 알지 못하는 처녀는 쳐다보지도 않았다. 그는 요분질과 감창에 뛰어나 능수능란하게 허리를 돌릴 줄 알고 사내를 즐겁게 해주는 방법에 익숙한 여인들을 좋아했다.

그렇다고 해서 남자와 많은 경험을 한 창기(娼妓)는 또 썩 내켜하지 않았다. 창기는 거짓으로 흥분하고 즐거워하며 기뻐하기 때문에 외려 흥이 나지 않는다는 것이 그의 지론이었다. 그러한 채담의 지론으로 따지자면 잠자리에서 가장 그를 즐겁고 기쁘게 만드는 여인은 남의 아내, 유부녀라 할 수 있었다.

애를 낳지 않은, 그래서 아직 하문(下門)의 쫄깃함이 살아

있되 적지 않은 경험을 통해 남자를 즐겁게 만들 줄도 알고
자기 자신도 절정에 이를 줄 아는 유부녀야말로 제대로 된 계
집이라는 게 채담의 생각이었다.

그날도 채담은 은화옥에서 끌고 온 유부녀 세 명과 더불어
밤늦게까지 왕성한 정사를 벌이다가 잠이 들었다. 코까지 골
면서 한참 깊은 잠에 빠져 있던 그가 눈을 뜬 것은 목덜미를
스치는 한기 때문이었다.

'창문을 열어두었나?

그는 잠결에 그 한기를 삭풍으로 착각하고는 이불을 목까
지 끌어올리며 옆으로 돌아누우려 했다. 하지만 그는 돌아누
울 수가 없었다. 누군가 그의 전신을 짓누르고 있는 듯 꼼짝
할 수가 없었던 것이다.

'이 계집들이……. 자다가 흥분해서 내 몸 위로 올라왔구
나.'

채담은 눈을 감은 채 흐흐 웃었다.

처음에는 죽어라 거부하던 계집들이었다. 남편이 있다면
서, 이러지 말라고 애원하던 그녀들이었다. 하지만 밤새도록
이어지는 채담의 절륜한 정력에 결국 그녀들은 철저하게 함
락당하고 말았다.

고기 맛을 아는 게지.

사내 맛을 아는 계집들은 자신들의 남편보다 월등한 정력
과 뛰어난 기술을 가진 채담에 의해 정신을 차리지 못하고 마

구 엉켜 붙었다. 그녀들은 미친 듯이 신음을 내뿜고 할딱거리면서 채담의 품을 파고들었다.

채담은 그렇게 질펀한 정사를 마치고 죽은 듯이 잠에 빠져든 계집 중 누군가가 다시 깨어나 자신의 몸을 짓누르고 있는 거라고 생각하면서 입을 열었다.

"겨울밤이 길다고는 하지만 네년 음심(淫心)만큼 길지는 않나 보구나."

그렇게 말하면서 채담은 눈을 떴다. 세 명의 계집 중 어떤 계집이 제 몸 위로 올라왔는지 확인하기 위해서였다.

"응?"

그러나 보이는 건 아무것도 없었다. 눈을 떴지만 여전히 그의 눈에 들어오는 건 칠흑 같은 어둠뿐이었다.

아무리 한밤중이라고 하더라도 자다가 눈을 뜨면 사물이 희미하게나마 보여야 하는 법이다. 그런데 지금 채담은 막 불이 꺼진 방 안으로 들어선 것 같은 어둠에 휘감겨 있었다.

"뭐, 뭐지?"

채담은 당황하다가 문득 무엇인가가, 가령 계집의 벗어둔 속옷이나 젖가리개 같은 것이 제 눈을 가리고 있다는 사실을 깨달았다. 당황하던 채담이 흐흐 웃었다.

"앞구멍 뒷구멍 다 핥고 빤 사이에 뭐가 부끄럽다고 내 눈을 가려?"

그렇게 채담이 음탕한 말을 중얼거릴 때였다. 나직한 한숨 소리가 그의 귓가에 들렸다.

일순 채담의 전신이 경직되었다. 그것은 계집의 달뜬 한숨도, 열락에 젖은 신음 소리도 아니었다. 그 소리는 사내의 것이었다. 목젖이 떨리면서 나오는 묵직하고 나직한 한숨.

"누, 누구냐?"

채담이 신경질적으로 소리쳤다. 한숨을 내쉰 사내가 차분한 어조로 말했다.

"묻는 말에 대답만 해라. 그러면 내 손으로 죽이지는 않을 테니까."

채담은 입을 다물었다. 그제야 비로소 어찌 된 영문인지 알 수 있었던 것이다.

정체를 알 수 없는 자가 그의 내방(內房)까지 은밀하게 잠입했다. 그자는 지금 채담의 마혈을 제압하고 눈을 가린 다음 목에 비수 같은 것을 들이대고 있었다.

믿을 수 없는 일이었다.

정확하게 일흔두 명의 매복자가 마을과 장원 곳곳을 감시하고 있었다. 그리고 열두 명의 위사가 두 조로 나뉘어 그의 내방 주위를 경호했다. 그런 엄중한 경계망을 뚫고 이곳까지 아무 일 없이 잠입하다니.

'고수다.'

채담의 머릿속이 빠르게 돌아가고 있었다.

'어느 방면의 고수일까? 굳이 날 죽이지 않는 걸 보면 적대 문파나 원한을 가진 자가 보낸 살수는 아닌 것 같고…….'

채담의 신분이 신분이니만큼 그에게 원한을 가진 자는 수를 헤아릴 수 없이 많았다. 은매당의 당주라는 직책은 수많은 자의 원한과 증오를 발판으로 만들어진 것이니까.

또한 은매당과 같은 사업을 벌이는 문파들에게 있어서 채담은 눈엣가시 같은 존재였다. 뒷마무리 깔끔하게 정리하고 과욕을 부리지 않는 그들과는 달리 채담의 은매당은 더없이 포악하고 잔인하며 욕심이 넘쳐흘렀다.

은매당은 눈에 띄기만 하면 고관대작의 아녀자, 무림고수의 여식 등 가리지 않고 납치를 했으며 또 그 와중에 일어난 살인이나 방화 등의 문제에 대해서도 제대로 처리하지 않았다. 그런 까닭에 다른 문파들은 먹지 않아도 될 욕까지 얻어먹고 또한 세간의 분노를 받아야 했다. 그러니 그들 또한 채담에게 살수를 보낼 이유가 충분했다.

'어쨌든 살수가 아니라면 겁먹을 필요가 없지.'

질문할 게 있다고 했다. 채담에게 뭔가 원하는 것이 있다는 의미다. 그렇다면 칼자루는 침입자가 아닌 채담이 쥐고 있는 셈이다. 채담이 입을 열지 않으면 침입자는 목적을 이루지 못할 것이므로.

그래서 채담은 담대하게 말했다.

"마혈을 풀어주게. 그렇지 않으면 결코 내 입에서 그대가 원하는, 컥!"

채담은 말을 하다가 말고 비명을 내질렀다. 서늘한 감촉이 그의 목을 찔러왔던 것이다. 뭉클거리는 액체가 그 상처를 타고 목덜미로 흘러내리는 감촉이 생생하게 느껴졌다.

기분 나쁜 사내의 목소리가 들렸다.

"잔머리 굴릴 생각하지 말자. 묻는 말에만 대답한다면 죽이지 않겠다."

채담은 이를 악물었다.

"내가 협박 따위에 굴복… 으윽!"

또 다시 신음이 흘러나왔다. 그가 입을 여는 순간 조금 전과는 반대쪽 목덜미에 구멍이 난 것이다.

사내가 다시 말했다.

"피가 제법 많이 흐르는데. 궁금하군. 자네 몸속의 피가 모두 빠져나갈 때까지 얼마나 걸릴까?"

채담은 진저리를 쳤다. 하지만 그는 굴복하지 않았다.

"죽이든 살리든 마음대로 해. 원하는 건 결코 얻어가지 못할 테니까. 음."

이번에도 구멍이 뚫렸다. 세 곳의 상처에서 흐르는 피로 인해 침상 바닥에 깔려 있는 요가 금세 축축해졌다.

"뭐, 상관없네."

침입자가 무덤덤한 목소리로 말했다.

"자네가 죽으면 다른 자를 찾아 물어보면 되니까."

일순 채담의 머리끝이 곤두섰다.

'이자, 정말 나를 죽이려 하는구나.'

놈의 목소리에 들어 있는 진심을 느낀 것이다. 지금 놈에게 있어서 채담은 없으면 안 되는 존재가 아닌 게다. 그저 대답이 필요한 존재. 놈이 원하는 대답을 다른 이들보다 조금 더 많이 알고 있는 것에 불과한 존재.

'죽여 버리겠다.'

채담은 입술을 깨물며 놈을 증오했다.

'내 목숨을 걸고 맹세하마. 오늘 내가 살아난다면 반드시 네놈을 찾아 죽여주마. 만약 네놈이 지옥에 있다 하더라도 도로 끌고 와 내 손으로 다시 죽여주마.'

놈은 채담의 무서움을 몰랐다. 인신매매조직 중 일 위라고 자타가 공인하는 은매당의 당주가 얼마나 대단한 인물인지 모르는 것이다.

흑살모사(黑殺母蛇) 채담.

그렇다. 제 어미를 죽이는 뱀과 같은 자라 하여 붙여진 별호. 흑살모사의 위엄과 잔인함과 끈질김을 놈은 전혀 알지 못하고 있는 게다.

채담이 입을 열었다.

"제대로 대답하면 날 죽이지 않을 건가?"

사내가 무덤덤하게 대꾸했다.

"나는 지금껏 약속을 어긴 적이 없다."

"좋아, 그렇다면 물어보게. 아는 대로 말해주지."

생각을 바꾼 것이다. 채담은 살아남기 위해서 순간의 굴욕을 참기로 했다. 복수도 살아 있어야 가능하니까.

정체를 알 수 없는 사내가 입을 열었다.

"자하라고 한다. 나이는 스물아홉. 꽤 예쁘다. 눈은 반월 모양이고 웃으면 보조개가 생기지. 지난 해 시월 초, 요동에서 백매적삼의 사내들에게 납치당했다. 지금 그녀가 어디 있느냐?"

'오호, 납치된 계집의 남편인가 보군.'

채담은 내심 피식 웃었다.

이런 경우가 없는 건 아니었다.

은매당의 무사들은 일처리가 거칠고 투박하기 때문에 종종 흔적을 남겨두기도 했다. 그 흔적을 따라서 무림의 고수가 혹은 고관대작에게 고용된 용병이나 낭인들이 은매당까지 찾아와 난동을 부린 적도 몇 번 있었다.

그러나 은매당은 지금도 건재했다. 반면 그때 은매당을 찾아왔던 무림고수나 용병, 낭인들은 어찌 되었을까.

'네놈도 놈들 꼴이 될 것이다.'

채담은 그렇게 생각하면서 입을 열었다.

"요동에서 끌고 온 계집이라면 기억나는군. 정말 예뻤지. 내가 잠시 마음이 흔들릴 정도로 말이야."

사내가 움찔하는 게 느껴졌다. 채담은 속으로 그를 비웃으며 말을 이었다.

"이 모양을 봐서 잘 알겠지만 나는 가끔씩 납치해 온 계집들과 잠자리를 갖거든. 그 계집, 아, 자하라고 했나? 자하라는 계집도 물론 나와 함께 잤었네. 열락에 겨운 나머지 몸부림을 치다가 오줌을 싸고 혼절까지 하더군. 그래서 기억하고 있네. 이 침상 가득 오줌 냄새로 진동했었으니까."

거기까지 말한 채담은 잠시 입을 다물고 놈의 반응을 기다렸다. 하지만 놈의 호흡은 여전히 나직하고 길게 이어졌다. 채담의 표정이 복잡해졌다.

'어라, 남편이 아니었던가? 남편이라면 이런 소리 듣고 가만있을 리가 없는데.'

사람이 흥분하게 되면 무의식적으로 허점이 드러나게 된다. 그 허점이라는 게 자신의 신분이든 정체든, 혹은 그 어떤 것이라도 채담은 상관없었다. 또한 놈을 찾아내 죽일 수 있는 단서만 된다면 팔 하나, 다리 하나 부러지는 것 정도는 얼마든지 감수할 수도 있었다.

그런데 이놈, 의외로 침착하고 냉정했다. 제 마누라가 채담의 밑에 깔려서 허우적대다가 오줌을 지리고 혼절까지 했다는데도 호흡 한 점이 변하지 않는다.

그래서 채담은 다시 입을 열었다.

"그 계집 뒷구멍은 처녀였더군. 남편이라는 자가 계간(鷄

姦:항문 성교)의 맛을 전혀 모르나 보더군. 뭐, 하기야 계간의 즐거움을 아는 자가 원래 드물기는 하지. 어쨌든 내가 그 처녀를 먹었지. 꽤 좋았다네. 그 계집, 처음에는 고통스러워했지만 나중에는 몇 번이고 제가 먼저 들이대더라니까. 그 연분홍 꽃잎처럼 생긴 구멍이 뻥 뚫려서 내장이 훤히 들여다보일 때까지 몇 번이고⋯⋯"

"그런 이야기를 아무리 해도 소용없다."

사내가 지겹다는 듯한 투로 채담의 말을 잘랐다.

"격장지계(激獎之計) 따위에 걸려들 내가 아니다. 그러니 그녀가 어디 있는지만 말하라."

이 녀석, 평범한 놈이 아니다.

채담은 입을 다물었다.

이런 상황에서도 놈은 자신의 계략을 뻔히 들여다보고 있었다. 그만큼 놈이 계략에 능하다는 의미일 것이다.

'도대체 어디의 누구지, 이 자식은?'

채담이 그런 의문을 떠올릴 때, 사내는 지루하다는 걸 보여주듯 채담의 목에 다시 하나의 구멍을 만들었다.

'으윽!'

네 곳에서 흘러나오는 피가 이제는 상당한 양이 되었다. 몸 속의 모든 것이 그 구멍을 통해 흘러나가는 것만 같았다. 머리가 어지럽고 몽롱해지기 시작했다. 슬슬 위험해지기 시작한 것이다.

채담이 재빨리 말했다.

"그 계집, 이곳에 없다."

"알고 있다. 이미 금화옥을 뒤져 봤으니까."

그런데도 경계를 서던 놈들은 전혀 눈치채지 못한 겐가? 이 자식들을 정말…….

"금화옥이라, 그렇지. 상등품 중의 상등품이었으니까. 은 자 만 냥을 불렀거든, 내가. 다들 침을 흘리면서도 만 냥이라 는 게 부담스러웠는지 망설이더군. 게다가 처녀가 아니라는 게 조금 마음에 들지 않았을 거야. 녀석들은 바보라서 처녀들 만 찾거든."

채담은 고객들을 비웃었다. 처녀를 좋아하는 자치고 바보 아닌 자가 없다라는 게 그의 지론이었으니까.

"그래서 꽤 오랫동안 팔리지 않았지. 원래 상등품이라는 게 의외로 잘 안 팔리거든."

공기가 새어 나가듯, 꾸르륵거리는 소리가 그의 목에 난 구 멍에서 흘러나왔다.

채담은 이러다가 복수도 하기 전에 자신이 먼저 죽겠다는 생각이 들었다. 그는 서둘러 말을 이어 나갔다.

"오륙 일 전이던가, 야시(夜市)에 팔았네. 만이천 냥을 받았 지. 확실히 거물답게 그 계집의 진가를 알아보더군."

일순 사내의 호흡이 끊어졌다. 지금껏 가늘고 길게 끊이지 않고 이어진 호흡이었던 걸 생각하면 지금 사내의 놀람은 예상 밖으로 큰 듯했다.

그럴 테지. 야시를 아는 자라면 더더욱.

채담은 속으로 회심의 미소를 지으며 말했다.

"야시를 안다면 그를 찾는 건 그리 어렵지 않을 걸세. 미후(未后)가 그 계집을 사 간 자의 별명이네."

미후?

담우천의 눈빛이 살짝 일렁거렸다.

미후라니, 도대체 무슨 의미의 별명일까.

일반적으로 별호란 그 사람의 특징이나 성격 혹은 지닌 무공에 의해 정해지게 마련이다. 그런 의미에서 보자면 아직 왕비가 아니다, 라는 뜻의 미후(未后)라는 별호는 그 어떤 설명도 해주지 못했다. 아니, 굳이 찾자면 미후는 결국 여자일 가능성이 높다, 이 정도일 것이다.

담우천이 그런 생각을 하고 있을 때였다. 채담이 다급하게 입을 열었다.

"자, 이제 모든 걸 말했네. 그러니… 쿨럭."

갑자기 그의 입에서 잔기침이 일었다. 하얀 거품이 피와 함께 입 밖으로 새어 나왔다. 급작스레 현기증이 일며 눈앞이 새하얗게 변했다.

채담의 안색이 급변했다. 피를 너무 많이 흘린 것이다. 위험한 징조였다. 그는 빠른 어조로 말했다.

"지혈을, 지혈을 해주게."

하지만 사내의 움직임은 느껴지지 않았다. 채담은 더욱 다급한 어조로 말했다.

"약속했잖은가, 살려주겠다고."

"아니, 살려주겠다고 약속한 적은 없는데."

사내가 말했다. 채담의 얼굴이 일그러졌다.

"이 거짓말쟁이!"

"나는 거짓말을 하지 않는다."

사내는 여전히 무뚝뚝하게 말했다.

"나는 죽이지 않겠다고 했지, 살려주겠다고 한 적은 없다."

"그게 그 말이 아니냐?"

"확실히 다르지. 나는 그대를 죽이지 않을 걸세. 하지만 내손으로 살릴 생각은 전혀 없네."

사내는 그렇게 말하며 움직였다. 침상이 흔들렸다. 아마도 채담 옆에서 곤히 잠들어 있는 계집 중 하나를 흔들어 깨우는 모양이었다. 아니나 다를까.

"이 여인이 깨어나 그대를 도와준다면, 사람들을 부른다면 그대가 살 수 있을 걸세. 물론 그녀가 그렇게 하면서까지 그대를 살릴지는 나도 모르네."

채담의 얼굴이 새하얗게 변했다.

"그, 그게 무슨 궤변이냐? 나를 살려준다고 하지 않았느냐? 약속을 지켜라! 이 개……"

사내는 손을 뻗어 채담의 아혈을 제압했다. 그리고 채담

옆에서 세상모르고 잠들어 있던 여인의 수혈을 풀어주었다.

여인이 부스스 눈을 떴다. 그녀는 뭔가 이상한 기분이 들어 몸을 일으키고 주변을 둘러보았다. 하지만 방 안에는 채담과 다른 여인들만 있었다.

그녀는 아직도 멍한 눈빛으로 주변을 두리번거리다가 문득 자신이 벌거벗은 몸이라는 걸 깨닫고는 황급히 이불로 몸을 가렸다. 어젯밤, 치욕의 순간이 주마등처럼 그녀의 뇌리를 스치고 지나갔다. 남편이 있는 몸으로 외간 남자의 물건에 환장하듯 엉덩이를 흔들었던 자신의 모습이 거짓말처럼 느껴졌다.

그녀는 입술을 깨물었다.

차라리 죽었어야 하는 건데.

물론 그녀는 알지 못했다. 어젯밤 그녀는 자신도 모르게 미약(媚藥)에 중독되었기 때문에 그렇게 지독한 육욕의 노예가 되었다는 사실을. 또 그러한 굴욕적이고도 절망적인 경험을 통해서 여인들을 자포자기하게 만들고 순하게 길들이려는 채담의 계략이었음을 그녀는 알지 못했다.

그녀는 눈물을 흘리다가 문득 채담을 내려다보았다. 채담의 얼굴에는 자신의 속곳이 덮여 있었다. 그녀의 얼굴이 새빨갛게 달아올랐다.

하지만 다음 순간, 그녀의 안색이 다시 창백해졌다. 채담의 목 주변이 시뻘겋게 물들어 있는 걸 발견한 것이다.

"주, 죽었어……."

그녀는 더듬거리며 뒤로 물러났다가 다시 용기를 내어 속곳을 벗겨냈다.

"꺄!"

그녀는 저도 모르게 비명을 내질렀다. 죽은 줄 알았던 채담이 눈을 크게 뜬 채 자신을 쳐다보고 있었다. 여인을 쳐다보는 그 눈에서는 애원과 기대, 기원과 바람의 눈빛이 흘러나오고 있었다.

정신을 차린 여인은 붕어처럼 뻐끔거리는 채담의 입을 보았다.

살, 려, 줘. 사, 람, 들, 을, 불, 러, 라.

아마도 그렇게 말하는 모양이었다.

여인은 다시 한 번 주위를 둘러보며 생각했다. 그리고 여인은 자신이 자는 동안 무슨 일이 일어났는지는 알 수 없었지만 어쨌든 지금 채담의 목숨이 자신의 손, 아니, 자신의 입에 달려 있음을 깨달았다.

그녀가 웃었다.


3. 새벽을 여는 사람들


"내 손으로 죽이지는 않겠다고 했지."

담우천은 그렇게 중얼거리며 어두운 거리를 걸었다.

차가운 바람이 휘몰아치는 가운데 어느덧 새벽이 가까워
지고 있었다. 멀리서 두부를 파는 장사치의 종소리가 들려왔
다. 맞은편 객잔의 문이 열리고 점소이가 빗자루를 든 채 기
지개를 켜며 나왔다.

새벽을 여는 사람들.

그들은 죽은 듯 고요한 거리를 깨우는 사람들이었다. 조그
만 객잔에 물품을 대는 장사꾼, 객잔 앞의 거리를 청소하는
부지런한 점소이, 어젯밤까지 술을 먹고 즐겼던, 혹은 새벽까
지 몸을 팔고 노래를 판 사람들이 즐겨 찾는 해장국 파는 아
줌마.

그렇게 살아가기 위해서 새벽잠을 설치고 부지런하게 움
직이는 자들이 하나둘씩 보이는 가운데, 담우천은 은매당을
빠져나와 객잔으로 향하고 있었다.

그의 얼굴은 여전히 무덤덤해 보였지만 머릿속은 엉킨 실
타래처럼 잔뜩 헝클어져 있었다. 은매당주 흑살모사 채담에
게 들은 정보 때문이었다.

야시라니.

담우천은 입술을 깨물었다.

무림에 적을 두고 있는 사람치고 야시를 모를 수가 없었다.
도둑들의 장물은 물론이고 법적으로 매매가 금지된 양왜(洋
倭:서양과 일본)의 물건, 심지어 인신매매까지 할 수 있는 어둠

의 시장, 그것이 바로 야시였다.

지난 수백 년 이래로 야시가 열리지 않은 해는 단 한 번도 없었다. 그만큼 유구한 역사를 가졌음에도 불구하고 누가 주관하는지는 전혀 알려진 바가 없는 야시.

그 야시는 아무 때나 열리지 않는다. 석 달에 한 번, 계절이 시작되고 스러지는 시기에 비밀스러운 곳에서 닷새 정도 열렸다가 자취를 감춘다. 그 시기와 장소를 정확하게 알 수 있는 방법은 오직 하나, 야시의 주재자(主宰者)의 초대장을 받는 것뿐이다.

담우천은 바닥에서 시선을 떼지 않은 채 묵묵히 걸으며 상념에 잠겼다.

'그나마 다행인 것은 아직 야시가 열릴 때가 아니라는 점이다. 야시는 봄이 시작되는 삼월, 여름의 유월, 가을의 구월, 겨울의 십이월. 이렇게 네 번 열린다.'

야시의 미후라는 자가 자하를 사 간 게 오륙 일 전이라고 했으니 겨울의 야시는 아닐 테고 분명 봄의 야시에 그녀를 상품으로 내놓을 것이다. 그때까지는 시간이 있다.

'하지만 상대는 야시다.'

담우천은 다시 한 번 입술을 깨물었다.

그 어떤 문파도 두려워하거나 겁먹지 않는 담우천이었다. 그 어떤 고수라 하더라도 그의 앞길을 가로막을 수가 없었다. 그런 담우천에게도 부담이 되고 본능적으로 꺼려지는 곳이 두 군데가 있었다.

그중 하나가 바로 야시였다.

과거 그는 야시와 한 번 부딪칠 뻔한 적이 있었다. 상부
의 지시로 인해 야시의 주재자와 총본산을 파악하라는 명
령을 받은 그는 야시에 대해 조사를 하면서 그 엄청난 힘과
세력, 그리고 상상하기조차 힘든 능력에 대해서 두려움을
느꼈다.

그들과 맞부딪쳐서 살아남을 자나 문파는 전혀 없다고 생
각했다. 설령 담우천이 속한 조직이라 하더라도 야시와는 전
면전을 벌이면 안 된다고 생각했다.

그리고 담우천은 그들에 대해 조사를 하는 동안 어둠 속에
서 누군가 자신을 바라보고 있다는 느낌에, 쉽게 잠을 이룰
수가 없었다.

다행이라고나 할까.

담우천이 야시에 대해서 조금 더 깊숙하게 파고들 즈음, 상
부의 새로운 지시가 그에게 하달되었다.

―담 조장(組長)은 휘하와 더불어 기존 임무를 중단하고 난
주로 향하도록.

덕분에 담우천은 자신에게 향하던 은밀한 그림자에서 해
방될 수 있었다. 어둠 속에서 그를 응시하던 눈빛도 사라졌

다. 보름여 동안의 불면이 거짓말처럼 느껴졌다.

하지만 담우천은 잘 알고 있었다. 바로 그 은밀한 그림자들과 어둠의 눈빛들이야말로 야시의 주재자가 보낸 경고였다는 것을.

'나 혼자는 힘들다.'

그런 야시를 상대하려면 담우천만으로 역부족이었다. 담우천과 같은 전문가들이 더 필요했다.

문득 담우천의 눈빛이 가늘게 흔들렸다. 지난 십 년 가까이 잊고 지냈던 자들의 얼굴과 이름이 떠올랐기 때문이었다. 두 번 다시 만나지 말자고, 만날 일이 없기를 바라자며 헤어졌던 사람들.

담우천은 고개를 흔들었다.

'그럴 수는 없다. 그들에게 폐를 끼칠 수는 없다.'

담우천이 그렇게 중얼거릴 때였다.

"어이쿠!"

커다란 항아리를 올려둔 지게를 멘 채 힘겨운 듯 땅을 보며 걸어오던 늙은 장사치가 역시 땅만 내려다보며 걸어가던 담우천과 맞부딪칠 뻔한 것이다.

그 바람에 늙은 장사치가 중심을 잃고 비틀거렸다. 제 몸보다 커 보이는 항아리의 무게를 견디지 못한 듯 한쪽으로 기우뚱거리는 순간, 지게와 항아리를 묶어두었던 끈이 풀리며 항아리가 땅바닥으로 굴러떨어졌다.

담우천이 저도 모르게 앞으로 몸을 움직이며 두 팔을 뻗어 항아리를 안았다.

　　바로 그때였다.

　　한 가닥의 날카로운 파공성과 함께 새파란 칼날이 그의 등을 찔러 온 것은.

第五章
그자가 나타났다

원래 살수 같은 경우 강호의 제반 상황은 물론 주의해야 할 무림인에 대해 철두철미하게 알고 있어야 했다. 그들은 지난 백 년 이내로의 강호 백대(百大) 고수뿐만 아니라 오백대 고수들의 이름과 별명, 성명절기, 인적사항까지 모두 외우고 있었다.

하지만 어느 시대에고 '죽음의 선을 밟고 가는 자'라는 별호는 존재하지 않았다. 사선행자(死線行子)라니, 그런 어처구니가 없는 별명이 애당초 있을 리가 없었다.

## 1. 살신성살(殺身成殺)

지게를 지고 걸어오던 노인이 담우천과 마주치면서 비틀거렸다. 그 바람에 짊어진 항아리가 지게에서 굴러떨어졌다.

마침 담자를 메고 그들 곁을 지나치던 장사치의 눈이 휘둥그레졌다. 빗자루를 든 채 막 기지개를 켜던 점소이가 그 광경을 보고 동작을 멈췄다.

담우천은 엉겁결에 노인을 지나쳐서 두 팔로 그 항아리를 붙잡아 안았다.

일순 노인의 표정이 변했다. 비틀거리던 몸은 어느새 균형을 잡았으며 노인이라고 믿어지지 않을 정도로 빠르게 몸을 회전했다.

순식간에 담우천의 등 뒤로 돌아간 그의 손에는 언제 꺼내 들었는지 모르게 한 자루의 단검이 들려 있었다.

노인은 담우천의 늑골과 늑골 사이를 정확하게 노리고 단 검을 찔러갔다. 마침 담우천은 양팔로 커다란 항아리를 끌어 안고 있었다.

그야말로 절체절명(絕體絕命)의 순간!

그뿐이 아니었다. 빗자루를 들고 있던 점소이가 갑자기 담 우천을 향해 몸을 날렸다. 빗자루는 이내 한 자루의 장창(長 槍)으로 변해서 담우천의 옆구리를 노리고 파고들었다.

담자를 메고 있던 장사꾼 또한 담우천을 향해 담자를 집어 던졌다. 담자에는 뜨거운 국물이 담겨 있었는데, 공중에서 사 방으로 튀는 모양새나 냄새로 봐서 그건 국물이 아니라 뜨겁 게 달궈진 기름이었다. 그 기름은 정확하게 담우천의 머리 위 에서 쏟아지고 있었다.

등 뒤에서, 옆구리 쪽에서, 그리고 머리 위에서 서로 다른 공격이 동시에 쏟아졌다. 예상치도 못한 순간에 벌어진 기습!

바로 그 순간, 담우천은 들고 있던 항아리를 높이 쳐들며 다리를 찢듯이 그 자리에 주저앉았다. 놀랍게도 담우천은 그 간단한 한 수로 세 가지 공격을 모두 피해내고 있었다.

머리 위에서 쏟아지는 기름은 항아리 위로 튀어 사방으로 흩어졌고 등과 옆구리를 파고들던 비수와 창은 정확하게 항 아리를 찔러갔다. 두 개의 무기가 가격하는 순간 항아리는 산

산조각이 났다.

하지만 그 순간 더 놀라운 일이 벌어졌다. 박살 난 항아리 속에서 한 사람이 튀어나오더니 그대로 담우천의 머리를 내려쩍었다. 알고 보니 지게로 짊어지고 있던 항아리 속에서 계속 기회를 노리고 숨어 있었던 것이다.

상상도 하지 못할 계략이었다. 이중삼중으로 철저하게 계산된 기습이었다. 세상의 어느 누구도 그러한 공격을 받으면 제대로 반응조차 하지 못하고 죽음을 맞이하리라. 이게 바로 저 공포의 대명사 살막의 살인 수법 중의 하나였다.

아무리 담우천이라 하더라도 그 기습만큼은 미처 알아차리지 못했을 것이다. 그를 기습한 자들의 생각이었다.

매서운 칼이 그대로 내려꽂혔다. 쩍! 하고 땅바닥이 갈라졌다. 칼날이 깊숙하게 지면에 꽂힌 것이다.

"이런!"

암습자가 당황한 듯 저도 모르게 소리를 냈다. 믿어지지 않게도 담우천이 보이지 않았다. 눈도 깜빡하지 않았는데 마치 환술처럼 그의 모습이 사라진 것이다.

암습자는 칼을 뽑아 들고 자리에서 벌떡 일어났다. 처음 기습을 펼쳤던 세 사람, 노인과 점소이 장사꾼들도 황급히 주변을 돌아보았다. 새벽이 밝아오는 거리에는 오직 그들뿐이었다.

"그대들이었군."

담우천의 무덤덤한 목소리가 그들의 등 뒤에서 들려왔다. 암습자들, 그러니까 살막의 살수들은 소리가 들려온 쪽으로 몸을 돌렸다. 그곳에 담우천이 우뚝 서 있었다. 그들과 이 장 정도 떨어진 거리.

도대체 언제, 어떻게 그곳으로 이동했을까.

담우천은 그들을 바라보며 말했다.

"어제 은매당의 장원에서 만났던 친구들이로군. 언제 내 앞에 나타날지 계속 기다리고 있었다."

"역시……."

노인이 중얼거렸다.

"우리의 존재를 눈치챘었군."

"확실하지는 않았다."

담우천은 차분한 표정으로 그들을 바라보며 말했다.

"처음에는 은매당의 고수라고 착각했지. 하지만 나조차 제 대로 파악할 수 없는 은신술을 가진 자들이 기껏 인신매매 조 직의 매복자로 있을 리는 없다는 생각이 들었거든."

그렇다면 놈들의 정체는 무엇일까. 왜 나를 뒤쫓을까.

"문득 북경부에서 만났던 사람들이 떠오르더군. 그들 중에 는 내게 원한을 가진 자들이 적지 않을 테고……. 뭐 바쁘거 나 아니면 직접 나서기 싫은 사람들이라면 충분히 생각할 수 있는 게 청부살인이니까."

그래서 담우천은 어제부터 계속 그들이 나타나기만을 기

다리고 있었던 것이다. 행여 소화에게 무슨 일이 생길까 봐 일부러 축객령을 내렸고 또한 아이들에게도 비상용의 옷을 만들어 입혔다.

그리고 은매당의 일을 끝내고 돌아오는 동안 굳이 계속해서 땅을 내려다보면서 빈틈을 내보인 것도 다 그들을 유인하는 수작이었던 것이다.

"살막에서 왔나?"

노인을 바라보던 담우천이 갑작스레 물었다. 노인의 표정에는 변화가 없었다. 하지만 담우천은 그의 눈동자가 살짝 흔들리는 것을 놓치지 않고 지켜보았다.

"역시 살막의 살수들이었군."

노인은 제 실수를 인정한다는 듯 살짝 눈살을 찌푸리며 물었다.

"어떻게 알았지?"

"강호에 살수조직이 많다고는 하지만 그대들 정도의 고수가 있는 조직은 흔하지 않지. 삼대살수조직 정도일 가능성이 높은데… 그중에서 사람 가려가며 청부를 받는 대자객교는 아닐 테고, 그렇다고 굳이 의뢰 조건이 까다로운 은자림에게 청부를 했을 리도 없을 테고."

"그러니 남은 곳은 오직 살막뿐이다, 이건가?"

노인은 고개를 끄덕이며 말했다.

"제법 그럴 듯한 추측이로군. 하지만 추측은 어디까지나 추측에 불과할 뿐."

이라고 말하던 노인이 갑자기 몸을 날려 담우천을 덮쳐갔다. 약속이라도 한 듯 다른 세 명 또한 다시 한 번 사방에서 협공을 가했다. 조금 전의 실수를 만회하기라도 하려는 듯, 그들에게서는 가공할 살기마저 흘러나오고 있었다.

"아니지."

그 일촉즉발의 상황에서 담우천은 외려 한 걸음 앞으로 걸어 나가며 말했다.

"살수라면 어떤 상황에서도 살기를 내보이면 안 되지."

그의 말이 떨어지기가 무섭게, 덮쳐들던 살수 중 두 명이 앞으로 꼬꾸라졌다. 눈에 보이지 않는 쾌검(快劍)이 그들의 가슴을 정확하게 찌른 것이다.

그것은 살막의 살수들조차 미처 감지하지 못할 정도의 극한쾌검(極限快劍)! 담우천의 다섯 가지 절기 중 하나인 무극섬사(無極閃射)가 바로 그것이었다.

하지만 그 느닷없는 일격에도 불구하고 노인과 점소이는 공격을 멈추지 않았다. 아니, 그들은 더욱 필사적으로 공격을 감행했다. 동료의 죽음을 헛되게 만들지 않겠다는 신념이 칼날처럼 번들거렸다.

'좋은 기백!'

담우천은 둔형장신보를 펼치려 했다. 그러나 그의 두 다리는 땅바닥 깊숙한 곳에 박힌 것처럼 움직이지 않았다. 그는 저도 모르게 고개를 숙였다.

그의 두 다리를 잡고 있는 자들이 있었다. 조금 전 무극섬사에 당하고 꼬꾸라진 두 명의 살수. 죽음을 눈앞에 둔 그들이 각각 담우천의 다리 하나를 끌어안은 채 최대한 버티는 중이었다.

'그렇군, 일부러 당한 거였나?'

담우천의 뇌리가 빠르게 돌아갔다.

애당초 저 두 사람은 담우천의 공격을 피할 생각이 없었던 것이다. 단지 즉사를 면하기 위해 급소를 보호했을 뿐, 이렇게 쓰러진 채 담우천의 다리를 붙잡고 움직이지 못하게 만드는 것이 바로 그들의 임무였던 게다.

또 그런 동료들의 임무를 잘 알고 있었기에 노인과 점소이가 그러한 기백을 보여주며 공격을 퍼붓는 것이기도 했다.

이른바 살신성살(殺身成殺)!

살막의 살수들이 금과옥조로 여기는 단어가 바로 그것이 아니던가. 스스로 몸을 던져 청부를 완수한다. 그게 바로 살신성살의 자세였다.


## 2. 무극섬사(無極閃射)

길게 생각할 시간은 전혀 없었다.

담우천은 두 발이 봉쇄된 상황에서 허리만 비틀며 손을 뻗었다. 일순 희미한 빛이 새벽 공기를 반으로 가르는 듯한 착각이 일었다.

단지 그것뿐이었다.

점소이의 눈에, 노인의 얼굴에 경악의 그림자가 일렁거렸다. 그들은 담우천의 목을 찌르려다가, 가슴을 관통시키려다가 그대로 뒤로 나가떨어졌다. 그들의 목에서 부글거리는 피거품이 새어 나오고 있었다.

"미, 믿을 수 없군."

노인이 정확하지 않은 발음으로 중얼거렸다.

"이런 곳에서 무극섬사를… 보게 될 줄이야."

담우천은 처음으로 검을 빼 든 채 제 발 아래를 내려다 보았다. 그의 두 발을 끌어안고 있던 살수들은 이미 절명한 상태, 그 상황에서도 그들은 여전히 담우천의 발을 움켜 안고 있었다.

담우천은 허리를 굽혀 그들의 손을 떼어내면서 중얼거리듯 말했다.

"무극섬사를 알고 있나?"

노인이 힘겹게 말했다.

"처음에는… 보고도 믿지 않았지. 지금 이 시대에… 무극섬사를 펼치는 사람이 존재할 리… 없다고 생각했으니까. 하지만 직접 당해보니… 알겠더군. 확실히 무극섬사야, 그 쾌검은……."

시신들을 떼어낸 담우천은 다시 허리를 펴며 말했다.

"맞다. 방금 펼친 쾌검이 바로 무극섬사다."

"이런……."

노인의 얼굴에 절망의 그림자가 내려앉았다.

"어떻게… 왜……."

노인은 궁금한 것이 꽤 많은 모양이었다. 하지만 그는 담우천의 대답을 기다릴 새도 없이 숨을 멈췄다. 그것으로 담우천을 공격했던 네 명의 살수 모두 죽은 것이다.

하지만 담우천의 표정은 여전히 어두웠다. 그는 아직도 끝나지 않았다는 얼굴로 시신들을 둘러보며 중얼거렸다.

"살막은 칠인일대(七人一隊), 한 명의 살신(殺神)과 여섯 명의 행동대로 구성되어 있지. 살신은 곧 여섯 명의 녹면귀(綠面鬼), 열두 명의 철면마(鐵面魔), 열여덟의 혈면사(血面死)로 나뉘는데 특급의 청부가 들어왔을 경우에는 살신들끼리 힘을 합친다는 걸 읽은 기억이 나는군."

담우천은 과거 삼대살수조직에 관한 보고서 중 한 장의 내용을 떠올리며 말을 이어 나갔다.

"정체를 모르는 일개 낭인 따위에게 특급 청부가 들어갔을 리는 만무하겠고, 즉 나를 잡기 위해서 칠인일대가 움직였다는 이야기일 터."

담우천은 고개를 들었다. 어느새 날이 환하게 밝아오고 있었다. 조용하던 거리에 몇몇 사람의 모습이 보였다. 하지만 그들은 담우천 주변의 시신들을 보고는 기겁을 하더니 부리나케 도망갔다.

담우천은 고개를 들고 주위 건물들의 지붕 쪽을 훑어보다가 문득 서남쪽 삼층 건물 지붕에 시선을 고정한 채 다시 입을 열었다.

"그렇다면 아직 세 명이 남아 있겠군. 보아하니 이들 네 명 중에 살신은 없는 것 같고. 뭐, 언제든 와도 좋다. 하지만 이제 내가 누구인지 알았을 테니까, 올 때는 단단히 각오를 하고 오도록."

마치 누군가에게 이야기를 건네듯 말을 하던 담우천은 검을 검집에 꽂으며 미련없이 몸을 돌렸다. 그의 탄탄한 등을 향해 새벽 햇살이 내리비추고 있었다.

*　　　*　　　*

"그자가 나타났다."

녹면귀혼의 목소리가 살짝 흔들리고 있었다.

"믿을 수 없군. 이미 몰살당한 지 오래라고 알고 있었는데…… 다시 무극섬사를 보게 될 줄이야."

지금 그의 눈동자에는 멀리 사라져 가는 담우천의 뒷모습이 박혀 있었다.

참혹한 살인 현장에서 이십여 장 떨어진 삼층 건물의 지붕 위, 아래의 경관은 훤히 내려다보이지만 밑에서는 이쪽 움직임을 전혀 알아차릴 수 없는 절묘한 자리에 녹면귀혼은 우뚝 서 있었다.

그 옆에 한 명의 젊은 여인이 그림자처럼 서 있었다. 그는 동료들의 죽음에 살짝 이성을 잃은 듯, 주먹을 불끈 쥐고 있었다. 하지만 그는 최대한 냉정한 표정을 지으며 물었다.

"무극섬사가 무엇입니까?"

녹면귀혼은 담우천이 사라진 거리를 여전히 지켜보면서 말했다.

"그렇군, 너는 모르겠군. 그가 강호무림에서 활동할 때 너는 코흘리개였을 테니까."

여인은 분하다는 얼굴을 지었다. 녹면귀혼의 말이 이어졌다.

"아무래도 이번 청부는 손해다. 겨우 은자 이만 냥으로 '죽음의 선을 밟고 가는 자'를 죽이려 하다니, 말도 안 되는 청부를 받았다."

죽음의 선을 밟고 가는 자?

이십대 초중반으로 보이는 여인의 눈빛에 의문이 깃들었다. 아무리 기억을 더듬어봐도 그런 별명을 들어본 기억이 없었던 것이다.

원래 살수 같은 경우 강호의 제반 상황은 물론 주의해야 할 무림인에 대해 철두철미하게 알고 있어야 했다. 그들은 지난 백 년 이내로의 강호 백대(百大) 고수뿐만 아니라 오백대 고수들의 이름과 별명, 성명절기, 인적사항까지 모두 외우고 있었다.

하지만 어느 시대에고 '죽음의 선을 밟고 가는 자' 라는 별호는 존재하지 않았다. 사선행자(死線行子)라니, 그런 어처구니가 없는 별명이 애당초 있을 리가 없었다.

"사선행자가 저자입니까?"

여인은 사내처럼 딱딱한 어조로 물었다. 녹면귀혼이 고개를 저으며 말했다.

"너는 몰라도 된다. 중요한 건 저자를 해치우기 위해서는 최소한 여섯 명의 귀신과 열두 명의 마신이 필요하다는 게다."

여인은 저도 모르게 입을 벌렸다.

육령녹면귀신과 십이철면마신이라면 전체 살막의 절반에 해당되는 전력이라고 할 수 있었다. 즉, 지금 녹면귀혼은 저 평범해 보이는 낭인 하나를 해치우기 위해서 그 정도의 전력을 기울여야 된다고 말하고 있었다. 그의 말이 사실이라면 확실히 은자 이만 냥으로는 절대적으로 손해인 청부였다.

"상부에 보고를 해야겠다."

녹면귀혼이 그녀를 돌아보았다. 녹면귀혼의 얼굴은 녹색의 기이한 그림이 그려진 가면으로 가려져 있었다.

"전혼(傳魂), 너는 지금 곧바로 돌아가서 무극섬사를 쓰는 자가 나타났다고 보고해라. 조금 전 벌어졌던 상황에 대해서도 정확하게 설명하고."

그는 굴욕적이라는 듯이 입술을 깨물며 말했다.

"상부의 새로운 지시가 하달될 때까지 이번 건은 잠시 보류하기로 한다."

여인은 고개를 숙였다.

"알겠습니다."

고개를 든 그녀는 망설이다가 다시 입을 열었다.

"초혼(哨魂)에게도 연락을 취해야 하지 않겠습니까?"

이 여인의 별호인 전혼은 녹면귀혼대에서 상부와의 연락을 책임지는 인물이라는 의미였다. 그리고 초혼은 청부대상에 대한 조사와 경계의 임무를 담당하는 자의 별호였다.

녹면귀혼의 눈빛이 가늘어졌다. 그는 잠시 생각하다가 고개를 저으며 말했다.

"놔두자. 그 녀석의 실력이라면 뭔가 놈의 약점을 찾을 수도 있을지도 모른다. 지금은 놈에 대한 그 어떤 정보라도 끌어 모아야 하니까. 무려 십 년 만에 나타난 놈이니 최대한 많은 정보가 필요하다."

하지만 전혼은 여전히 머뭇거렸다.

"그렇다면 초혼에게 괜한 일은 벌이지 말라는 경고라도 주어야……."

전혼의 말에 녹면귀혼은 살짝 눈살을 찌푸렸다.

초혼은 일반 살수치고는 상당히 뛰어난 실력과 높은 능력을 지니고 있었다. 상급살수 중 한 명이 죽어 빈자리가 나게 되면 첫 번째 순위로 이름을 올릴 녀석임에 분명했다.

하지만 문제는 그 실력을 믿고 가끔씩 도가 지나치는 행동을 한다는 점에 있었다. 기껏 감시하라고 보냈더니 직접 대상자를 해치운 적이 한두 번이 아니었으니까.

그럼에도 불구하고 여전히 그가 대상자를 감시하고 관찰하는 임무를 맡는 것은, 역시 대상자와 가까운 거리에서 상대가 눈치채지 못하도록 은밀하게 움직이는 능력이 매우 뛰어났기 때문이었다.

잠시 초혼에 대해서 생각하던 녹면귀혼이 입을 열었다.

"초혼이 아무리 천방지축이라고 하더라도 저 담우천이라는 자의 실력을 파악한다면 함부로 움직이지는 않을 테지. 어쨌든⋯⋯."

그는 다시 담우천이 사라진 방향으로 시선을 돌리며 중얼거렸다.

"놈은 반드시 죽을 것이다, 내 손에 말이지."


3. 쫓는 자


"믿을 수 없을 정도로 강한 자였습니다."

사내는 침을 튀기며 당시의 일에 대해서 설명했다.

"삼방주인 삼절무적 사광생만 하더라도 이곳 북경부에서는 함부로 대할 자가 없는 고수입니다. 그런 사광생을 어린아이 손목 비틀 듯 간단하게 제압을 하더군요. 생전 처음 봤습니다, 사광생이 무릎을 꿇은 것은."

호들갑스럽게 이야기를 하고 있었지만, 그 뚱뚱한 사내 앞에서 이야기를 듣던 노인의 표정에는 변함이 없었다.

"더욱 놀라운 일은 그다음에 일어났습니다. 혹시 혈향검수 온주은이라고 들어보셨습니까?"

그제야 처음으로 노인의 얼굴이 꿈틀거렸다.

"들은 바가 있네. 이제는 몰락한 항주 온씨세가의 적자라고. 상당히 검이 날카롭다는 소문이 예전부터 있었지."

"그런데 말입니다. 그 온주은도 그자의 일검을 막지 못하고 패배했습니다. 사실 저도 그 자리에 있었지만 어떻게 그자가 온주은을 이겼는지 보지 못했을 정도로, 그자의 일검은 너무나도 빨랐습니다."

"바로 그 쾌검이에요!"

노인 곁에서 듣고 있던 소녀가 흥분하여 소리쳤다.

"조 사형에게 사용했던 그 쾌검! 역시 놈이었어요."

"허어, 조용히 하거라. 아민."

노인의 말에 소녀, 호지민은 입을 삐죽였다. 노인, 열혈태세 호천광은 다시 뚱뚱한 사내, 그러니까 금서로 상인연합회의 회주를 돌아보며 말했다.

"계속해 보시게."

산동성의 패자로 군림하는 천궁팔부라면 상당한 이익을 안겨줄 수 있는 잠재고객이었다. 그런 까닭에 상인연합회 회주는 순순히 당시의 일에 대해서 설명했다. 물론 이번 인연을 통해서 산동까지 상권을 넓힐 속셈을 감춘 채.

*　　*　　*

"아무리 천궁팔부의 주인이라 하셔도 그 말씀은 들어드릴 수 없습니다."

흑개방 북경지부주의 말에 호천광이 한쪽 어깨를 으쓱거렸다. 그의 뒤에 시립하고 있던 사내 하나가 금합을 들고 다가와 조심스레 탁자에 놓고 물러섰다.

"열어보시게."

호천광의 말에 북경지부주는 망설이다가 금합을 열었다. 일순 샛노란 광채가 방 안을 가득 메웠다. 언뜻 보더라도 최소한 황금 이천 냥은 넘어 보이는 금원보(金元寶)가 금합 가득 담겨 있었다.

호천광은 수염을 매만지며 말했다.

"은자로 치차면 대략 오만 냥 정도 될 것이네. 어차피 흑개방은 돈을 받고 정보를 파는 곳, 그 정도 액수라면 충분할 것 같은데."

북경지부주는 망설였다.

은자 오만 냥이라면 흑개방 북경지부 일 년 매출액에 버금
가는 큰돈이었다. 이 돈이라면 담우천에 의해 입은 피해는 물
론, 그를 청부한 대가로 소모된 은자 이만 냥까지 메울 수 있
었다.

황금빛 광채를 내려다보면서 한동안 고민하던 북경지부주
는 결국 항복했다는 듯이 길게 한숨을 쉬며 입을 열었다.

"역시 천하의 천궁주이십니다. 어쩔 도리가 없죠, 이런 큰
액수를 눈앞에 두고서도 거절하면 흑개방이 아니니까요."

호천광은 담담하게 말했다.

"그래, 그럼 그 담우천이라는 자에 대해서 말해주시게. 그
가 왜 흑개방을 찾아왔는가?"

북경지부주는 망설이다가 입을 열었다.

"그는 백삼적매를 찾고 있었습니다."

"백삼적매……"

노회한 연륜의 소유자답게 호천광은 그들을 알고 있다는
듯한 표정이었다. 하지만 호지민은 달랐다. 그녀는 궁금하다
는 듯이 재촉했다.

"백삼적매가 뭐죠?"

"허어, 어른들 이야기하는데 함부로 나서다니."

"괜찮습니다. 저 나이 때는 누구나 호기심이 많은 법이니
까요. 그러니까 백삼적매는……"

북경지부주는 백삼적매에 대해서 설명했다. 그리고 어떻게 담우천이 북경지부를 찾아왔는지, 어떤 식으로 흑개방의 수하들을 물리쳤는지, 그리고 왜 곽 노야를 해치웠는지에 대해서도 상세하게 이야기했다.

"그는 살인을 즐겨하지 않는 것 같더군요. 아니면 애당초 상대가 되지 않기 때문에 거들떠보지 않는 것일 수도 있겠죠. 가령 세 살배기 꼬마가 자꾸만 신경을 건드린다고 해서 그 아이를 죽일 자가 얼마나 되겠습니까? 그에게는 우리 모두가 그런 세 살배기로 보였던 겁니다."

"그렇다면 왜 곽 노야를 죽인 건가요?"

호천광은 여지없이 끼어드는 호지민을 보며 혀를 찼다. 역시 자식을 잘못 키웠다는 자책감이 들었다.

"그건 저에 대한 협박이었습니다. 비록 살인을 즐기지는 않지만 필요하다면 이렇게 거리낌없이 죽일 수 있다는 걸 보여주기 위해서 말입니다."

"사실은 그렇지 않은데 필요하면 언제든지 잔인해질 수 있다 이거네요? 흥, 웃기지 말라고 그래요. 그자는 원래부터 잔인하고 악독한 놈이라구요."

"게서 한 마디만 더 하면 이 방에서 내쫓을 것이다."

호천광의 추상같은 말에 호지민이 입을 다물었다. 호천광은 북경지부주를 바라보며 말했다.

"그래서 지부주는 그자에게 무엇을 말해주셨나?"

"그자는 납치당한 한 여인을 뒤쫓고 있었습니다. 그리고 그녀를 납치한 백삼적매는 다름 아닌 은매당의 수하들. 사실대로 말할 수밖에 없었습니다."

"그럼 지금 그자는 은매당을 찾아갔겠군."

"그럴 것입니다."

호천광은 호랑이처럼 눈을 번들거리며 물었다.

"은매당은 어디 있지?"


"충고해 주었어야 했나?"

천궁팔부의 호천광 일행이 떠난 후, 북경지부주는 홀로 차를 마시다가 문득 중얼거렸다.

"살막의 살수들이 그자를 노리고 있다는 걸……. 그러니 지금 찾아가도 이미 늦었을 거라고 말이지."

하지만 그는 곧 고개를 저었다.

"아니, 굳이 물어보지도 않았는데 아까운 정보를 함부로 건넬 수 없지. 비록 같은 놈을 뒤쫓고 있는 한 편이라고는 할 수 있지만… 그건 그거고 사업은 사업이니까."

그는 찻잔을 비운 다음 자리에서 일어났다. 찻잔을 내려놓은 손에는 대신 금합이 들려 있었다.

"어쨌든 결국에는 이익을 보게 되었군. 놈에게 입은 피해와 살막의 청부대금을 다 갚아도 최소한 만 냥 이상은 번 것 같아. 이 정도라면 상부에서도 용서해 주시겠지."

그는 조금은 들뜬 마음으로 방을 나섰다.

"거기에다가 놈의 목숨까지 챙길 테니까."

그는 살막의 살수들이 실패했다는 소리를 들어본 적이 없었다. 거기에다가 무슨 일인지는 모르겠지만 천궁팔부의 주인이 직접 놈을 죽이기 위해 나섰다.

아무리 놈이 날고 기는 능력을 지녔다 하더라도 살막과 천궁팔부의 협공 앞에서는 견딜 수가 없을 것이다. 그러니 놈은 죽어도 두 번은 죽을 게 분명했다.

그러니 어찌 기분이 좋지 않겠는가.

북경지부주는 저도 모르게 껄껄껄 웃고 있었다.

第六章
그녀를 찾아서

담우천은 봉투를 열고 글을 읽었다. 간결한 글씨체의 짧은 문장 하나가 전부였다.

找賣豆漿大娘在福星路.
복성로(福星路)의 콩국 파는 아주머니를 찾으세요.

달랑 그 문장 하나뿐이었지만 담우천은 주의 깊고 세심하게 읽고 또 읽었다. 그런 연후 그는 고개를 들고 점소이를 향해 물었다.
"이 서찰을 건네준 여인의 생김새는 어땠나?"

## 1. 귀동냥

"자네들 알고 있나? 드디어 이대맹주가 선출되었다네."

라는 소리가 구석진 자리에 앉아서 식사를 하고 있던 담우천의 귓전으로 파고들었다. 나름대로 소리 낮춰 소곤거리는 목소리였지만 담우천의 예리한 청각을 피할 수가 없었다.

담우천은 살짝 고개를 들어 무심한 표정으로 주변을 둘러보았다.

그와 서너 탁자 떨어진 맞은편 구석자리에 다섯 명의 장한이 앉아 있었는데, 그중 한 명의 사내가 살짝 상기된 표정으로 이야기를 하는 중이었다.

"물망에 올랐던 세 명의 후보 중에서 결국 소장파가 적극적으로 민 정 전주(殿主)께서 차기 맹주가 되었다더군."

그 말에 동료들이 놀란 표정을 지으며 말했다.

"호오, 세 분 중 가장 가능성이 없어 보였는데. 대단하군."

"그게 무슨 말인가? 물론 그 세 분 중에서 가장 서열이 낮기는 하지만 그래도 하남성의 전주라면 맹 내 서열 이십 위 안에 드는 자리가 아닌가? 게다가 맹 내 소장파들에게 가장 인기가 좋고 웃어른들에게 신망이 두터워서 상당히 유력하다고 알려져 있었는데."

"허어, 그건 왕천(王千), 자네가 잘 몰라서 하는 말이네. 소장파라고 해봤자 이번 선출에 아무 권한이 없는 친구들이고 웃어른이라고 해도 실권이 크지 않은, 무림의 노명숙(老名宿)들에 불과하지. 정작 맹주 선출에 지대한 영향을 지니고 있는 오대가문은 전임 부맹주를 적극적으로 밀었거든. 그래서 당연히 그가 될 줄 알았지."

"아마도 그런 게 있기 때문일 거네. 정 대협이 새로 태극맹주가 되자마자 한 일이 뭔지 아나?"

처음 말을 꺼낸 장한의 질문에 다른 네 명은 일제히 고개를 흔들며 궁금해했다. 장한은 한숨을 쉬며 말했다.

"그 오대가문의 수장들을 찾아가 인사를 했다네. 맹주로 뽑아주셔서 감사하다고, 앞으로 충성을 다하겠다고 말이네.

그래서 소장파들이 엄청나게 실망했고 또 그를 맹주로 만드는 데 지대한 공헌을 했던 백팔원로(百八元老) 측에서 상당히 분개했다고 하네."

"흐음, 그건 좀 아니군그래. 물론 오대가문에게 잘 보여야 하는 건 당연한 일이지만… 그렇다고 갓 선출된 태극천맹주가 오대가문의 수장들에게 머리를 숙이다니, 결국 태극천맹이라는 게 오대가문의 휘하에 있다고 자인한 꼴이 되었군."

"바로 그게 문제였던 게지. 안 그래도 오대가문의 횡행과 독선에 불만을 품고 있던 소장파들이 아니던가? 그들은 태극천맹 속에 오대가문이 존재하는 것이지, 결코 오대가문의 휘하에 태극천맹이 있다고 생각하지 않거든."

"뭐, 우리야 상관없는 일이겠네만 어쨌든 정 대협이 이번에는 꽤 큰 실수를 했군그래. 앞으로 맹주직 수행에 꽤 어려움을 겪을지도 모르겠어."

"아니, 사실 나는 이번에 상당한 충격을 받았네. 생각해 보게. 맹주라는 게 허수아비 같은 직위라고는 하지만 그래도 어디까지나 전 무림을 지배하고 있는 태극천맹의 일인자가 아닌가? 그런 맹주의 자리를 임기로 정해놓고 차기 맹주를 투표로 선출하다니 말이지."

"나도 그렇게 생각하네. 태극천맹의 맹주라면 수만 수십만의 휘하를 거느리는 일인자, 만약 다른 마음을 먹는다면 충분히 오대가문의 뒤통수를 칠 수 있는 권력을 가진 셈인데. 그럼에도 불구하고 제 사람이 아닌 자를 맹주로 선출한 걸 보면 그거야말로 오대가문의 담대함과 두둑한 배짱을 보여주는 대목이 아닌가 하네."

"흐음, 여하튼 이번 차기 맹주 선출로 인해 맹의 고위 인사들이 매우 바쁘게 되었다네. 그쪽 정치 싸움을 지켜보는 것도 꽤나 재미있을 것 같다니까."

"그렇지. 안 그래도 부맹주 쪽을 밀었던 백팔연단관(百八鍊丹官)의 관주(官主)는 전전긍긍할 게 분명할 테고. 반면 정 대협을 적극적으로 후원했던 태극감찰밀(太極監察密)의 밀주(密主)는 승승장구하겠지. 비선 쪽이야 애당초 중립을 지키겠다고 선언했지만, 또 다른 후보인 내천주(內天主)를 밀었던 구파 일방 또한 꽤 곤혹스러울 게야."

"어쨌든 신임 맹주의 첫 행보가 실망스럽기는 하지만 그래도 외천(外天)의 전주가 새로운 맹주가 되었다는 건 기쁜 일이네. 특히 외곽을 떠도는 우리에게는 말이지."

"나도 그런 생각을 하고 있네. 정 맹주께서는 외천 사람들의 노고를 잘 알고 있는 분이시니만큼 우리들에 대한 처우나 입지가 좋아지면 좋아졌지 나빠지지는 않을 걸세."

왕천의 말에 사람들은 다들 고개를 끄덕였다. 담우천은 그들이 입고 있는 백의에 천(天)이라는 글자가 수놓아져 있음을 확인하고는 고개를 숙였다.

태극천맹의 내부 사정에 박식하다 했더니 역시 저들 다섯 명은 태극천맹의 하위급 무사들인 것이다.

"한 그릇 더 먹어도 돼요?"

그때 담호가 그의 눈치를 살피며 물었다.

녀석은 요즘 들어 꽤나 식성이 늘었다. 아무래도 하루 종일 무공 수련을 하느라 금세 배가 꺼지는 모양이었다. 담우천은 고개를 끄덕이고는 점소이를 불러 와관계탕(瓦罐鷄湯) 한 그릇을 더 주문했다.

"젓가락 가지고 장난하지 마. 형아가 해줄게."

그동안 담호는 담창이 가지고 노는 교자를 빼앗아 교자피를 벗긴 다음 다시 건네주었다. 담창이 입에 기름을 잔뜩 묻힌 채 교자를 빨아먹기 시작했다.

담우천은 그런 한가로운 광경을 지켜보면서 상념에 잠겼다.

'정 대협이라면 인협(人俠) 정문하(鄭紋霞), 그 정 대협을 말하는 건가?'

이십여 년 전부터 정문하는 인협이라는 별호로 불렸다. 사람됨이 올곧고 인의(仁義)를 알며 매사 공평정대하면서도 정이 많아서 수하들에게 많은 존경을 받았다. 적어도 담우천이 기억하고 있는 정문하는 그런 인물이었다.

'마지막으로 그를 보았을 때 겨우 일개 당주에 불과했었는

데 벌써 맹주라니……. 세월이 그만큼 많이 흐른 걸까, 아니면 그의 능력과 수완이 그렇게나 뛰어난 걸까.'

담우천의 눈빛이 흐릿하게 변했다.


## 2. 용돈 벌이


태극천맹은 조직의 구도상 크게 본천(本天)과 외천으로 나뉜다. 본천이 태극천맹의 뿌리라면 외천은 전국 각지로 뻗어 있는 가지와 같았다. 외천은 외천주(外天主)를 중심으로 하여 남북십삼성에 열세 개의 성전(省殿)을 두고 각 성전에 예닐곱 개의 지부를 두어서 총 백팔지부를 관장하는 거대한 조직이었다.

부맹주가 본천주직을 겸임하는 본천은 본천주 휘하에 칠전(七殿) 삽십육단(三十六團)을 두고 태극맹의 경제, 군사 등을 총괄 관리한다.

본천과 외천에 소속되지 않은 조직은 크게 세 곳으로 분류되었다. 정파무림의 총집합체라고 설명할 수 있는 태극천맹의 구성을 이루는 문파의 대표들이 모인 백팔원로회, 맹주의 직속 기관이라 할 수 있는 태극감찰밀, 그리고 태극천맹의 정예들을 키우는 백팔연단관이 바로 그 세 조직이었다.

그중 가장 세력이 크고 무력이 강한 곳은 태극감찰밀로 내부로는 역모와 하극상의 음모를 조사하고 밖으로는 사마외도의 잔존 세력에 대해 색출하는 것이 그들의 주된 임무였다. 그만큼 자긍심이 넘치는 조직이라 할 수 있었다.

반면 가장 권력이 강한 곳은 아무래도 백팔원로회일 것이다. 그들은 맹주의 결정을 번복할 수 있는 힘을 지녔으며 또한 새로 맹주를 선출할 수 있는 의결권도 가지고 있었다. 구파일방, 신주오대세가, 오대가문을 비롯하여 무림의 명망 높은 문파들의 대표자들이 모인 조직이니만큼 그들이야말로 태극천맹의 실질적인 권력자라 할 수 있었다.

백팔원로회는 따로 비선이라는 조직을 휘하에 두고 있었는데 강호무림 전반에 걸쳐서 모든 정보를 규합 정리하는 임무를 맡고 있었다. 정사대전 당시에는 비선이 태극천맹의 살수조직으로 운영되었다는 소문도 있기는 했지만, 당금 비선은 어디까지나 정보를 관리하는 곳이었다.

또 태극천맹에 속하되 그 영역 밖에 있는 특별한 조직이 있었으니 바로 사마외도의 포로들을 가두는 천뢰옥(天牢獄)이 바로 그곳이었다.

태극감찰밀이나 외천의 맹원들을 통해서 잡은 사마외도의 잔존자들, 이른바 구천십지백사백마(九天十地百邪百魔)라 불리는 고수들이나 그들의 수뇌라 할 수 있는 공적십이마(公敵十二魔)들의 무공을 폐쇄한 다음 가둬두는 곳이 바로 천뢰옥이었다. 그곳은 한번 갇히면 두 번 다시 빠져나올 수 없다고 해서 개미지옥이라고 불릴 정도로 악명이 높은 곳이기도 했다.

담우천이 옛 기억을 더듬고 있을 때였다. 계속해서 들려오던, 태극천맹의 외천 소속 무사들의 이야기가 다시 그의 신경을 자극했다.

"참 오늘 무슨 일이 있었던 건가, 은매당에?"

"안 그래도 그것 때문에 골치가 아파. 놈들, 새벽처럼 눈에 불을 켜고 정주 일대를 마구 쑤시고 돌아다니는 바람에 곳곳에서 말썽이 일어나는 중이라구."

"안 그래도 평소 은매당 놈들, 흑도방파 주제에 오만하기 그지없어서 눈엣가시처럼 보였는데 오늘 보니까 아래위를 모르더군. 괜한 풍파 일으키지 말라는 상부의 지시가 없었더라면 아주 요절을 내줬을 텐데 말이지."

당주가 죽었으니까.

담우천은 무심한 표정으로 차를 마시며 속으로 중얼거렸다. 당주가 죽었으니 그 흉수를 잡기 위해서 눈에 불을 켜고 돌아다닐 수밖에.

"그런데 흑도방파치고는 꽤 실력이 좋은 놈들만 모여 있잖아, 은매당에는? 게다가 평소 씀씀이도 크고. 도대체 무얼 해서 그리 많은 돈을 벌었는지 몰라."

"뭐, 뻔하지. 도박이나 밀염(密鹽) 장사를 해서 세력을 키운 것일 거네."

"흠, 어쨌든 눈꼴 시려서 참기가 어렵더군. 만약 내게 걸리기만 한다면 상부의 지시고 뭐고 상관없이 뜨거운 맛을 보여줄 텐데."

"하하, 바랄 걸 바라세. 천하에 어느 멍청한 자식이 감히 태극천맹 사람들에게 시비를 걸겠나?"

동료의 말에 그들은 껄껄 웃었다. 담우천은 그 후로도 잠시 그들의 대화에 귀를 기울였지만 더 이상 쓸 만한 이야기는 흘러나오지 않았다.

"다 먹었으면 일어나자꾸나."

담우천이 아이들을 둘러보며 그렇게 말할 때였다. 점소이 한 명이 쪼르르 달려와 그에게 꾸벅 인사를 하면서 말을 건넸다.

"유주에서 오신 담 나리이십니까?"

담우천의 눈썹이 살짝 휘어졌다.

"나리는 아니지만 유주에서 온 담가는 맞네."

순박하게 생긴 점소이는 헤헤 웃으며 말했다.

"어느 어여쁜 아가씨께서 담 나리께 서찰 좀 전해달라고 하셨거든요."

담우천은 점소이 너머로 객잔을 훑어보았다. 어디에도 어여쁜 아가씨라 불릴 만한 사람은 존재하지 않았다. 여자라고 해봤자 서너 명, 그것도 술 취한 작부들이 전부였다.

점소이는 그런 담우천의 표정을 읽었는지 머리를 긁적이며 말을 이어 나갔다.

"객잔 안으로 들어오지 않고 밖에서 서성거리셨습니다. 마침 제가 호객하려 밖으로 나갔다가 마주쳤죠. 헤헤, 이겁니다."

점소이는 말을 하면서 품에서 서찰을 꺼냈다. 연분홍색 겉장에서 희미한 향기가 흘러나왔다. 일순 담우천의 눈빛이 살짝 흔들렸다. 익숙한 향기였던 것이다.

담우천이 손을 내밀자 점소이가 황급히 서찰을 뒤로 감췄다. 그리고는 뭔가 더 용건이 있다는 듯 혹은 직접 말하기는 난처하다는 듯 애매한 표정을 지으며 웃었다.

담우천은 동전 열 개를 꺼냈다. 점소이가 아쉬운 표정을 지었다. 다시 열 개를 꺼냈다. 점소이가 망설였다. 동전이 떨어진 담우천이 은자 한 냥을 꺼내자 점소이는 활짝 웃으며 동전까지 싹 쓸어 담았다. 그리고는 공손하게 두 손으로 서찰을 건넸다.

담우천은 봉투를 열고 글을 읽었다. 간결한 글씨체의 짧은 문장 하나가 전부였다.


找賣豆漿大娘在福星路.
복성로(福星路)의 콩국 파는 아주머니를 찾으세요.

달랑 그 문장 하나뿐이었지만 담우천은 주의 깊고 세심하게 읽고 또 읽었다. 그런 연후 그는 고개를 들고 점소이를 향해 물었다.

"이 서찰을 건네준 여인의 생김새는 어땠나?"

"예뻤습니다. 하지만 사실 평범한 용모도 제대로만 하면 아름다운 얼굴로 만드는 게 화장이 아니겠습니까?"

"그렇기는 하지."

"그래서 확실하게 말씀드릴 수는 없지만 어쨌든 화장을 한 그 아가씨의 외모는 눈에 띄게 아름다웠습니다."

담우천은 고개를 끄덕였다.

"고맙네."

점소이는 은자와 동전들을 품에 넣으며 활짝 웃었다.

"아닙니다. 저야말로 고맙죠. 이렇게 간단하면서도 짭짤한 용돈 벌이가 또 어디 있겠습니까?"

그렇게 정직하게 말하는 게 외려 더 밉지 않게 느껴졌다. 담우천은 아이들을 챙기며 다시 물었다.

"그런데 복성로로 가려면 어떻게 해야 하나?"

점소이는 또 활짝 웃었다. 그리고는 당연하다는 듯이 손을 내밀었다. 확실히 오늘 점소이는 기막히게 간단하면서도 짭짤한 용돈 벌이가 생긴 것이다.


3. 그 이유가 무엇일까

복성로는 정주의 동쪽에 위치한, 오래된 상가들이 빼곡하게 들어차 있는 좁은 길을 가리켰다.

그 좁은 길을 따라 좌판을 깔고 허름한 그릇을 팔거나 낡은 책들을 내다 파는 장사치들과, 담자와 수레를 가지고 와서 먹을 것을 파는 이들이 늘어서 있었다.

오가는 행인들이 그리 많지 않은 까닭일까, 아니면 차가운 바람과 서늘한 햇살 때문일까. 그들의 얼굴에는 주름만큼 굵고 진한 피곤함이 새겨져 있었다.

꼬마아이가 뒹구는 광주리를 메고 한 소년의 손을 잡은 낭인이 그 복성로 입구에 모습을 드러낸 것은 중천에 떠 있던 겨울해가 서쪽으로 천천히 움직이기 시작할 무렵의 일이었다.

장사치들은 호기심 담긴 눈빛으로 그 기묘한 모습을 쳐다보다가 이내 흥미를 잃은 듯 고개를 돌렸다. 가난함에 지치고 피곤함에 쩌든 그들에게 있어서 낯선 것에 대한 흥미란 손톱만큼의 도움도 되지 않는 것이다.

그 기묘한 모습의 낭인, 담우천은 여전히 무심한 얼굴로 복성로를 따라 거리 안으로 들어섰다.

어느 성시에서도 흔히 볼 수 있는 골목길의 풍경. 삶의 때가 덕지덕지 묻어서 지워지지 않는 흔적으로 남아 있는 거리. 그 거리에서 담우천은 콩국을 파는 여인을 찾고 있었다.

복성로의 콩국 파는 아주머니를 찾으라니.

'소화가 왜 그런 서찰을 보냈을까?'

담우천은 내심 고개를 갸웃거렸다.

객잔의 점소이가 건네준 서찰은 소화가 보낸 것이었다. 물론 글씨체를 보고 알아차린 건 아니었다. 단지 담우천의 후각이 상당히 예민했기에 그 서찰에서 풍기는 향기의 임자가 누구인지 알 수 있었던 것이다.

담우천의 갑작스러운 축객령에도 불구하고 아무 말 없이 떠난 그녀, 소화. 그리고는 아무 소식이 없던 그녀가 이틀 만에 다시 담우천에게 연락을 취했다.

도대체 무슨 일일까.

그때 담우천이 걸음을 멈췄다.

그의 앞에는 담자 두 개를 쌓아두고 콩국을 파는 아주머니가 있었다. 담자에서는 따끈한 김이 모락모락 피어올랐다. 담우천이 걸음을 멈추자 순박하게 생긴 아주머니는 환하게 웃으며 그릇을 꺼냈다.

"콩국 한 사발 하시게?"

"두 그릇 주시오."

뚱뚱한 체구의 그녀는 인심 좋게 그릇 가득 콩국을 펐다. 담우천은 그릇을 들어 콩국의 맛을 보더니 고개를 끄덕이고는 담호에게 건넸다.

"먹으렴, 맛있구나."

담호는 호호 불어가면서 콩국을 마셨다. 고소하면서도 달짝지근한, 담우천의 말이 아니더라도 확실히 상당히 맛 좋은 콩국이었다.

두 번째 그릇에 콩국을 담으면서 아주머니는 어깨를 으쓱거리며 자랑하듯 말했다.

"정주에서는 이만한 콩국이 없다우. 삼십 년 넘게 콩국만 끓여왔으니까."

"맛있구려."

담우천은 그릇을 받아 들고 한 모금 들이켰다. 뜨거운 국물이 식도를 타고 뱃속으로 들어가자 추위가 한결 가셨다. 광주리의 담창도 폴짝폴짝 뛰면서 한 입 달라고 보챘다.

뚱보 아주머니가 그 모습을 보고는 한숨을 쉬며 말했다.

"이 추운 날씨에 그렇게 대충 입힌 채로 돌아다니다니 애가 얼어 죽겠수. 저 거리 안쪽으로 들어가면 성복당(成服堂:옷가게)이 있다오. 물건에 비해 엄청 싸게 파는 곳이니 한번 들려보시우."

담우천의 눈빛이 가볍게 빛났다.

옷 파는 가게까지 알려주다니 이건 과한 참견이고 오지랖이다, 라는 생각이 들기보다는 마치 기다렸다는 듯이 말을 하는 아주머니가 수상쩍게 느껴졌다.

담우천은 그릇을 내려 놓은 다음 은자 한 냥을 꺼냈다. 아주머니의 눈빛이 달라졌다. 담우천은 그 은자를 손바닥 위에 올려놓은 채 말했다.

"누가 그리 말하라고 시켰소?"

아주머니는 머뭇거렸다.

콩국 한 그릇의 가격이 동전 십 문, 즉 동전 한 냥이었다. 은자 한 냥이 동전 백 냥이었으니, 콩국 수백 그릇을 팔아야 겨우 얻는 이문이 저 투박하게 생긴 손바닥 위에 놓여 있었다. 그야말로 입 한 번 놀려서 얻는 이익치고는 상당한 액수가 아닌가.

그녀는 망설이다가 입을 열었다.

"귀하게 생긴 아가씨였수. 사내아이를 업고 또 이끌고 오는 남정네가 있으면 그리 말하라고 부탁하면서 은자 반 냥을 주었다오."

담우천은 저도 모르게 머리를 긁적였다. 나름대로 이런저런 경험을 많이 겪었다고 자부하는 그였지만 이런 경우는 처음이었다.

도대체 소화는 무얼 생각하고 있는 것일까.

설마 하니 담창에게 옷 한 벌 사주기 위해서 이런 엉뚱한 짓을 할 리는 없었다.

'어쨌든 예까지 왔으니 가볼 수밖에.'

잠시 생각하던 담우천은 아주머니에게 은자를 건넸다. 그녀의 입이 함지박만 하게 벌어졌다. 불과 한나절 만에 한 달 벌이를 한 것이다.

담우천은 담호가 콩국을 다 마시기를 기다렸다가 자리를 떴다. 그리고 콩국 파는 아주머니가 가르쳐 준 대로, 또 소화가 원하는 대로 거리 안쪽으로 걸어갔다. 얼마 지나지 않아 그는 허름하고 초라한 외관의 성복당을 찾을 수 있었다.

담우천은 문을 열고 들어섰다. 실내에는 수십 벌의 옷이 쌓여 있었는데 대부분 팔리지 않아 오래 묵혀둔 티가 역력한 싸구려 옷들이었다.

"주인장 계시오?"

담우천이 주위를 둘러보며 물었지만 대답하는 이는 아무도 없었다. 기척도 없는 게, 아무래도 잠시 볼일을 보러 밖에 나간 모양이었다.

가게 한 구석에 있는 화로에서 찻주전자가 김을 내며 끓고 있었다. 담우천은 화로 옆에 놓인 차탁에 앉았다. 담담한 향이 찻주전자에서 흘러나왔다. 이런 볼품없는 가게에서 마시는 것치고는 나름대로 좋은 차인 모양이었다.

"으이구, 춥네, 추워."

늙수그레한 음성과 함께 문이 열렸다.

"이렇게 추운 날에는 소피 보러 가는 것도 고생이라니까. 아이쿠, 깜짝이야!"

주인인 듯한 초로의 사내가 손을 비비며 들어서다가 담우천을 보고는 귀신이라도 본 양 깜짝 놀랐다.

"미안하오."

담우천이 자리에서 일어났다.

"주인이 없는 곳에 함부로 들어와서."

"아, 아닙니다요."

노인은 손사래를 치며 웃었다. 조금 전 만났던 뚱보 아줌마와는 극단적으로 대비되는, 멸치처럼 마른 체구의 노인은 담우천을 힐끔거리며 다가왔다. 그는 화로에서 찻주전자를 내려놓으며 말했다.

"한 잔 드시죠. 꽤나 추운 날씨라 몸이 조금 풀릴 겁니다."

담우천은 그가 차를 따르는 모습을 물끄러미 지켜보다가 불쑥 물었다.

"형화차(滢華茶)인 모양이오?"

노인은 놀랐다는 듯이 담우천을 바라보았다.

"어찌 아셨습니까? 우리 고향에서만 나는 차라 타지인들은 잘 모르는데."

"언젠가 한 번 마셔본 적이 있소."

담우천은 그리 말하며 찻잔을 들었다. 담담하면서도 심신을 차분하게 가라앉히는 효과가 있는 향이 그의 콧속으로 흘러들었다. 한 모금 마시자 입안이 개운해졌다.

"이 아이에게 입힐 옷이 필요하오."

담우천은 등의 광주리에서 뒹굴거리고 있는 담창을 가리키며 말했다. 노인은 기다렸다는 듯이 구석으로 가서 두툼한

솜옷 한 벌을 꺼내왔다.

"입혀 드리겠습니다."

노인은 능숙한 솜씨로 담창에게 옷을 입혔다. 마치 맞춘 듯이 딱 맞는 옷이었다. 담창이 까르르 웃으며 두 팔을 휘저었다. 노인의 입가에 미소가 스며들었다.

"거 참 귀엽고 똘똘하게 보이는 자제분이십니다."

노인은 담창의 볼을 매만지며 미소를 짓다가 문득 생각났다는 듯이 한숨을 내쉬며 말을 이었다.

"그러고 보니 어제던가 이렇게 또랑또랑한 아이 둘을 잃어버렸다면서 이 복성로를 미친 듯 헤매던 처자가 생각나는군요. 꽤 아름다운 처자였는데 말입니다."

담우천은 속으로 한숨을 내쉬었다.

'도대체 무슨 생각이더냐, 소화.'

분명 이 노인이 언급하고 있는 처자 역시 소화일 게다. 도대체 그녀가 무슨 꿍꿍이로 이런 엉뚱한 일을 벌이고 있는지 알 수가 없었다.

담우천은 아무런 말 없이 은자 한 냥을 꺼냈다. 노인의 얼굴에 화색이 돌았다. 하지만 노인은 좀처럼 그 은자를 받을 생각은 하지 않고 망설이듯 담우천의 표정을 살폈다. 담우천이 한숨처럼 입을 열었다.

"어디 가면 그녀를 만날 수 있소? 알려 주시면 이 돈을 드리리다."

그제야 노인은 환하게 웃으며 은자를 건네받았다. 그리고는 기억을 더듬듯, 가볍게 눈을 감으며 말했다.

"그러니까 기름집 안쪽 골목으로 들어가면 세 번째 집이 있는데, 그 집 처자였죠, 아마? 아, 확실히 맞습니다. 그리로 가시면 만나실 수 있을 거라고 했습니다."

"그녀가 그리 말했소?"

일순 노인은 자신이 말을 잘못했다는 사실을 깨닫고는 그만 홍당무가 되고 말았다. 하지만 담우천은 그럴 줄 알았다는 듯이 무심하게 고개를 끄덕이고는 담호를 데리고 가게를 빠져나갔다.

그는 노인이 가르쳐 준 대로 기름집을 찾아가며 곰곰이 생각했다.

소화가 그를 만나고 싶었다면 객잔에 있었을 때 들어왔을 것이다. 물론 축객령을 내리기는 했지만 평소 소화의 뻔뻔하다고 느낄 정도로 당당한 태도를 생각해 보자면, 결코 축객령 때문에 이런 기묘한 일을 하고 있는 건 아니었다.

뭔가 속셈이 있었다.

굳이 점소이에게 서찰을 전해 주고 콩국 파는 아줌마를 찾으라고 한 이유가 있을 것이다. 복성로 기름집 안쪽 골목의 세 번째 집으로 오세요, 라고 쓰지 않은 까닭이 있을 것이다.

그 이유가 무엇일까.

굳이 콩국 파는 아줌마를 찾게 하고 저 성복당 노인을 만나게 한 까닭은 무엇일까.

## 4. 함정이구나

기름집은 그리 멀지 않은 곳에 있었다. 그곳에서 짜고 있는 들깨와 참깨 향이 인근 거리에까지 퍼져 있었다.

담우천은 기름집으로 걸어가다가 문득 아이들을 둘러보았다.

광주리 안에서 뒹굴던 담창은 어느새 낮게 코를 골며 잠들어 있었다. 반면 담호는 꽤나 긴장한 모습이었다. 이 어린 꼬마조차 본능적으로 뭔가 위험을 감지하고 있는 것이다.

담우천은 기름집 안쪽으로 나 있는 골목길로 돌아섰다. 협소하고 초라한 가옥들이 금방이라도 무너질 것처럼 서로 어깨를 기댄 채 골목 한쪽으로 늘어서 있었다.

하나, 둘, 셋.

담우천은 세 번째 집 대문 앞에서 걸음을 멈췄다. 잠시 기를 모아 내부의 기척을 살펴보았다. 한 가닥 호흡이 희미하게 이어지고 있었다. 소화일 게 분명했다.

담우천은 고개를 갸웃거렸다.

'설마 날 불러놓고 잠든 걸까?'

그런 생각이 들 정도로 대문 안쪽으로부터 느껴지는 호흡은 미약하고 가늘었다.

담우천은 가볍게 대문에 손을 댔다. 삐거덕, 낡은 대문이
음울한 소리를 내며 열렸다.

마당이 없이 곧장 실내로 이어지는, 일반 서민들이 살고 있
는 집이었다. 부엌과 창고의 공간을 지나 다시 문을 열면 곧
바로 방과 연결되어 있는 구조.

이미 해가 뉘엿뉘엿 지는 가운데 골목길은 금세 어두워지
고 있었다. 대문 안쪽도 마찬가지였다. 호롱불 하나 밝혀 있
지 않은 까닭에 실내는 음산할 정도로 어두웠다.

문득 담우천은 고개를 숙였다. 여태 말 한 마디 안 하고 따
라왔던 담호가 그의 손을 꽉 쥐었던 것이다.

실내의 칙칙한 어둠에 겁이 난 것일까, 아니면 본능적으로
긴장하는 것일까.

담우천은 소년의 어깨를 다독여 줄까 하다가 생각을 바꿨
다. 그리고는 보란 듯이 성큼 안으로 걸어 들어갔다. 구석진
부엌의 아궁이에는 불을 피우기 위한 장작들이 있었는데, 끝
부분이 시커먼 것으로 보아 분명 누군가 아침까지도 불을 땐
게 분명했다.

담우천은 부엌과 창고를 둘러보았다.

이 빠진 그릇이라든지 아무렇게나 씻어서 올려둔 국그릇
이라든지, 이 허름한 집에서 사람이 꽤 오래 살고 있었다는
흔적은 곳곳에서 찾을 수 있었다. 물론 그 흔적의 주인이 소

화는 아닐 게다. 불과 이틀 전까지만 하더라도 그녀는 담우천의 곁에 있었으니까.

'이 집은 어떻게 빌린 걸까?'

그리고 이 집의 주인은 어디에 있는 걸까.

언뜻 그런 의문이 담우천의 뇌리를 스치고 지나갔다. 담우천의 눈살이 가늘어졌다. 그는 천천히 걸어 정면의 문을 열었다.

침상이 놓여 있고 조그만 장 하나가 있을 뿐인, 허름하기 그지없는 방이었다. 그 침상에 누군가 이불을 깊게 눌러쓴 채 누워 있었다.

머리까지 이불로 덮여 있는 상태라 눈으로는 누구인지 확인할 수 없었지만 담우천은 직감적으로 알 수 있었다.

소화.

담우천은 입구에 잠시 서서 방 안을 둘러보았다. 을씨년스럽기까지 한 공간. 온기 한 점 남아 있지 않아서 입김이 보일 정도로 추운 실내였다.

"여기 있어라."

담우천이 담호에게 말했다. 담호는 꽤나 긴장한 얼굴로 고개를 끄덕였다. 그리고는 만일의 사태를 대비하듯 허리를 낮추고 문 쪽을 지켜보았다.

담우천이 천천히 침상으로 다가가 이불을 젖혔다. 일순 이불 속에 모여 있던 달콤한 향내가 사방으로 퍼지면서 그의 코를 자극했다. 평소 소화의 몸에서 풍기던 향기와는 전혀 다른 냄새. 담우천은 본능적으로 숨을 참았다.

바로 그때였다.

담우천의 뇌리를 스치고 지나가는 게 있었다. 순간 그의 얼굴이 매섭게 변했다.

'함정이구나!'

第七章
혈검수라(血劍修羅)

독이되 독이 아닌 독.

따로 따로 먹거나 마시면 전혀 해가 되지 않으며, 외려 몸에 좋은 영약일 수도 있는 독.

그게 삼밀야였다.

## 1. 삼밀야(三密夜)

'함정이구나!'

그런 생각이 머릿속을 스치는 순간, 담우천은 황급히 뒤로 물러나며 담호를 향해 손을 뻗었다.

하지만 이미 반걸음 늦었다. 열려 있는 문 저편에서 누군가 손을 내밀더니 그대로 담호를 끌어당긴 것이다. 담호는 아슬 아슬하게 담우천의 손끝을 스치며 어둠 속 공간으로 빨려들 듯 사라졌다.

담호 또한 나름대로 단단히 방비하고 있었지만 그 재빠른 손놀림에 속수무책으로 당하고 말았다. 반항도 할 수 없었다. 뒷덜미를 낚이는 동시에 소년의 마혈도 제압당했던 것이다.

순식간에 아들을 놓쳐 버린 담우천은 더 이상 움직이지 않았다. 그는 무심한 눈빛으로 방문 밖의 어둠을 응시하며 입을 열었다.

"칭찬해 주지."

여전히 그의 목소리는 침착했다.

"철저하게 당했다. 이렇게까지 완벽하게 당한 것은 내 생애 처음인 것 같군."

평소라면 충분히 담호를 빼앗기지 않았을 것이다. 담우천의 반응속도나 기민한 움직임을 생각한다면 결코 누군가에게 자식을 빼앗기는 일 따위는 없을 테니까.

그러나 담우천의 말처럼 지금 그는 철저하게 당한 것이다. 완벽하게, 강호의 경험이 많고 노련한 그조차 손쓸 수 없을 정도로 깨끗하게 당한 것이다.

어둠 속에서 웃는 소리가 들렸다. 자신감과 자부심이 넘쳐흐르는 웃음과 함께 한 사내가 천천히 어둠 속에서 방 안쪽으로 걸어왔다. 물론 그의 앞에는 인질처럼 잡혀 있는 담호가 있었다.

"그래도 눈치 하나는 빠르군."

이십대 중후반으로 보이는 사내가 여유를 부리며 말했다.

"이 모든 게 함정이었다는 것을 직감적으로 깨닫는 걸 보면 말이지, 확실히 대주께서 두려워하실 만해."

담우천은 사내를 바라보았다.

평범하게 생긴 외모, 크지도 작지도 않은 체구. 마르지도 뚱뚱하지도 않은 몸매. 그야말로 사내는 전형적인 살수의 모습을 하고 있었다.

담우천이 입을 열었다.

"살막의 살수인가?"

사내는 고개를 끄덕였다.

"물론."

"혼자 계획한 것인가 보군."

"어라, 그것까지 눈치챘나?"

"살막은 일곱 명이 한 조가 되어서 움직이지. 그중 넷이 내게 당했으니 남은 건 셋. 그중 한 명은 상부에 보고를 하러 갔을 것이고 대주는 상황을 지켜보려고 하겠지. 그러니 남은 한 명, 즉 자네가 이 모든 일을 계획하고 진행한 것일 테고."

"흠, 무공만 강한 줄 알았더니 제법 머리도 잘 돌아가는군. 왜 대주께서 가만히 지켜보라고 하셨는지 알겠어."

사내는 어깨를 으쓱거리며 말을 이었다.

"하지만 그래 봤자 부처님 손바닥 안의 손오공, 내게 이렇게 잡히고 말았으니까."

"아닌 게 아니라 놀라운 계략이었다."

담우천은 순순히 자신의 패배를 인정하듯 말했다.

"소화의 향기를 서찰에 뿌려서 나로 하여금 착각하게 만든 것은 그렇다고 치자. 내가 알지도 못하는 사이에, 전혀 눈치채지도 못하게끔 중독시키다니⋯⋯."

믿을 수 없는 일이었지만 확실히 담우천은 지금 중독된 상태였다. 그 바람에 반응속도가 느려졌고 또 그래서 담호마저 저자의 손에 빼앗긴 것이다.

도대체 언제 어떻게 중독된 것일까.

사내는 다시 웃었다.

"뭐, 그리 대단할 것까지 없는 거지. 독에 대해서 조금의 지식만 있으면 충분히 생각할 수 있는 함정이었을 뿐이야."

"아니, 확실히 대단하다. 독도 독이거니와 그 짧은 시간, 점소이에서 콩국 파는 아줌마로, 그리고 옷 파는 늙은 장사치로 변장했던 건 정말 놀라운 일이지. 나름대로 눈썰미가 좋다는 나조차 전혀 눈치를 채지 못했을 정도로 완벽한 분장이었으니까."

"아, 그것까지 파악했나?"

사내는 깜작 놀라는 시늉을 해 보였다.

"소화가 여기 잡혀 있었으니 애당초 점소이의 말이 거짓이 되는 셈이지. 그리고 또한 콩국 아줌마와 성복당 노인 역시 거짓말을 한 건데⋯⋯."

담우천은 무심한 얼굴로 사내를 보며 말을 이어 나갔다.

"일반 사람이 아무리 천연덕스럽게 거짓말을 한다 하더라도 나를 속일 수 없거든. 그러니 그들 모두 제대로 훈련받은 자들이었다는 뜻, 조금 전 자네의 말을 빌자면 이 모든 게 자네 혼자 저지른 것이니 그들 또한 자네가 변장한 인물들일 게 분명하겠지."

사내는 과연, 하듯이 고개를 끄덕였다. 그리고는 어깨를 으쓱거리며 말했다.

"사실 그것 때문에 조금 바쁘게 움직이기는 했지. 성복당의 늙은이로 분장할 때에는 시간이 늦을까 봐 조마조마하기도 했거든. 그래서 콩국 아줌마의 체향(體香)을 제대로 닦아내지 못하는 실수를 저지르기는 했는데, 다행히도 자네가 형화차의 향기를 먼저 맡은 덕분에 위기를 넘길 수 있었지."

사내는 유쾌한 표정을 지으며 한숨을 내쉬었다. 담우천은 가만히 그를 바라보았다.

살수인 동시에 그는 천하의 담우천을 속일 정도로 뛰어난 역용술(易容術)을 지니고 있었다. 어쩌면 놈은 며칠 동안 담우천을 은밀히 감시하고 지켜보면서 그의 성격과 행동을 파악한 후 반응을 예측하여 이 계략을 꾸몄을지도 모른다.

이미 모든 상황이 완벽하게 제어되고 있기 때문일까, 아니면 평소의 성격일까. 그는 수다스럽게 말하고 있었다.

"뭐, 이제와 말하는 거지만 사실 삼밀야(三密夜)라는 산공독(散功毒)을 아는 사람이 얼마나 되겠나? 사천당가(四川唐家)나 묘독문(苗毒門)처럼 독을 전공하는 쪽의 사람이 아니고서는 생전 들어보지도 못한 이름일 텐데."

하지만 담우천은 들어본 적이 있었다. 그는 사천당가나 묘

독문과 전혀 관계가 없었지만 그래도 어느 정도 독에 대해서
는 알고 있었다.

그는 가볍게 입술을 깨물었다.

'그렇군, 역시 삼밀야였어.'

*      *      *

독이되 독이 아닌 독.

따로 따로 먹거나 마시면 전혀 해가 되지 않으며, 외려 몸
에 좋은 영약일 수도 있는 독.

그게 삼밀야였다.

원래 독은 크게 세 가지로 나뉜다. 살아 있는 동물이나 식
물에서 채취하는 생독(生毒), 광물이나 죽은 시체를 통해서
얻는 독물(毒物), 그리고 여러 가지 약초나 광물들을 혼합하
여 새로운 독을 만드는 독약(毒藥)이 그것인데 삼밀야는 그중
에서도 특별하게 독이 없는 약초나 광물을 혼합하여 만드는
독약을 일컫는 용어 중 하나라 할 수 있었다.

예를 들자면 마자(麻子)라고 있다.

마자는 삼, 혹은 대마(大麻)의 씨를 말하는데 이른 봄에 심
은 대마 씨를 춘마자, 늦은 봄에 심은 씨를 추마자라고 해서
분류한다. 마자를 적게 먹으면 상관이 없지만 많이 먹을 경우
정기가 빠져나가고 양기가 부족해질 수가 있다. 하지만 그것

만으로는 특별한 독이 되지 않는다.

권두채(卷頭菜:고사리) 또한 삶지 않고 먹으면 양기를 떨어뜨리고 방광에 염을 일으키는 독소가 있다. 하지만 삶으면 그 독소들이 날아가 버려 안전하게 먹을 수가 있다.

단풍취는 독성이 없는 식용초다. 그러나 권두채와 추마자의 독성을 극대화시키고 중독 현상이 빨리 퍼지게 하는 특징이 있는 풀이기도 했다.

백양화 역시 독성이 전혀 없는 식용초이지만 마자의 독성과 상충하면서 독초로 바뀌는데, 양기를 최대한 소진시키고 양물의 기능을 약화시켜 죽이는 독성이 생긴다.

그래서 마자와 삶은 권두채, 단풍취와 백양화를 적절하게 분배하여 만든 채소 무침을 먹게 된다면, 그자는 불과 닷새도 되지 않아 양물이 썩게 되고 결국 죽음을 맞이하게 된다.

삼밀야도 그와 비슷한 독이었다.


## 2. 정식으로 인사하겠네

"물론 완성된 삼밀야에서는 산공독 특유의 비릿한 냄새가 나지. 그래서 일반적으로는 술이나 국에 타서 하독(下毒)하지만 그대라면 그것마저 들킬 것 같아서 조금 꾀를 부렸거든."

사내는 자랑스럽게 말했다.

"콩국에는 분마초를 갈아 넣었네. 뭐, 보통 향신료로도 쓰이는 풀이니까 아무 의심 없이 마셨을 게야."

형화차 또한 아무리 마셔도 탈이 나지 않는 차였다. 외려 입안의 냄새가 사라지고 오장육부가 깨끗해지는 효과까지 있는 차였다.

그러나 분마초와 형화차에다가 산폐향(散肺香)이 더해진다면 일정 시간 동안 공력을 모을 수 없게 만드는 산공독으로 바뀐다. 바로 그것이 삼밀야였다.

사내는 연신 싱글거리며 말했다.

"삼밀야에 중독되면, 물론 그 양에 따라 다르겠지만, 아무리 조금 먹거나 마셨다고 하더라도 최소한 두 시진에서 한나절까지는 내공을 사용할 수 없게 되거든. 정말 지독한 놈이지 않나?"

확실히 삼밀야는 지독한 산공독이었다.

원래 산공독은 다른 독들과 달리 중독에서 벗어나는 시간이 매우 짧은 독이었다. 산공독이라는 독 자체가 내공이 하나로 모이지 못하고 뿔뿔이 흩어지게 만드는 특징을 가지고 있다. 하지만 시간이 흐르면 그렇게 뿔뿔이 흩어진 내공은 다시 하나로 모여드는데, 내공이 강하고 높을수록 그 회복 속도가 빨라진다.

그래서 대부분의 산공독은, 대야 가득 산공독을 먹지 않는 이상 길어야 한두 시진 정도의 효능밖에 지니지 못한다. 물론 한두 시진은 결코 짧은 시간이 아니었다. 내공을 사용할 수 없는 자를 죽이는 건 어린아이 손목 비트는 것보다 간단하고 쉬운 일이니까.

그러니 지금 이렇게 놈이 담우천을 희롱하듯 가지고 놀아도 시간은 충분한 게다. 지금이라면 언제든지 손가락 하나만 움직여서 담우천을 죽일 수 있었으니까.

담우천은 묵묵히 사내를 바라보면서 내공을 모아보려고 했다. 하지만 구멍 뚫린 독처럼 그의 단전에는 단 한 줌의 내공도 모이지 않았다.

한 방울.

'한 방울의 내공이면 된다.'

그 시간이 필요했다. 산공독이 완벽하게 해독될 시간도 아니었다. 내력이 모두 되살아날 필요도 없었다. 오직 한 방울만이라도 내공이 되돌아올 시간이면 족했다.

그러니 시간을 벌어야 했다. 놈이 최소한 두 시진의 여유가 있다고 느긋해하는 틈을 노려야 했다.

담우천은 천천히 입을 열었다.

"자네 이름이?"

사내가 비웃듯 말했다.

"내 이름은 알아서 뭐하게?"

"염라대왕 앞에 가서 날 죽인 자가 누구라고 말은 해야 하지 않겠나?"

"흠, 그것도 그렇군. 좋아, 말해주지. 초혼이 보내서 왔다고 하면 될 게야."

"초혼이라."

초혼(哨魂), 즉 망을 보는 혼이라는 뜻이니 아마도 주살할 상대를 감시, 관찰하는 임무를 지닌 살수일 게다.

그렇다면 놈은 적어도 이삼 일 정도 담우천을 주시하고 있었을 터, 하지만 정작 담우천은 놈의 존재를 전혀 인식하지 못하고 있었다. 그것만으로도 이 초혼이라는 자의 실력이 결코 녹록하지 않다는 걸 알 수 있었다.

"언제부터 나를 주시하고 있었지?"

"그야 정주에 들어설 때부터."

사내, 초혼은 마혈을 제압당한 담호의 정수리를 톡톡 치면서 말했다.

"이 녀석이 정주사패라는 애송이들과 싸울 때부터 지켜보았지. 제법 싹이 보이더군, 이 녀석. 제대로 키우면 훌륭한 살수가 될 수 있겠어."

"살수?"

"그래. 아, 아직 이야기해 주지 않았나? 자네를 죽인 다음 자네의 두 아들은 살막으로 데리고 갈 거야. 게서 정신교육 좀 시키고 한 십 년 정도 이것저것 단련시키면 한 사람 몫을 해내는 살수가 되지 않겠어? 사실 요즘 괜찮은 재목을 구하는 게 너무 어렵거든."

"내 아들들이 복수를 할 거라고 생각하지 않나?"

"그래서 정신교육이라는 게 있잖아. 탈혼대법(奪魂大法)이나 최혼술(催魂術), 섭혼술(攝魂術)이라는 것도 있고, 아니면 강제적으로 해약이 없으면 살지 못하게 만들 수도 있고. 그런 건 신경 쓰지 않아도 돼."

초혼은 어깨를 으쓱거리며 말을 이었다.

"그리고 저 소화라는 계집도 데려갈 거야. 저 정도의 몸과 얼굴이라면 한 일 년 정도는 질리지 않고 재미를 볼 수 있겠지. 그 후 색주가(色酒家)나 매음굴(賣淫窟)에 팔아도 돈이 될 테고."

"대단하군."

담우천은 기가 질렸다는 듯이 고개를 끄덕이며 말했다.

"그런 계획까지 세우고 있었다니… 정말 대단해."

"뭐 대단할 것까지야. 늘상 있는 일인데, 뭐."

"하지만 나는 자네가 늘 상대하던 자들과 다르거든."

"다를 게 뭐가 있지?"

초혼이 웃으며 말했다.

"저 빌어먹을 땅인 유주에서 온, 낭인치고는 제법 강한 실력을 지녔지만 혹처럼 아이들과 계집을 데리고 다니는 약점투성이의 별 볼 일 없는 자. 그게 바로 담우천이라는 사내의 정체가 아닌가?"

"아니, 그건 겉으로만 봐서 그럴 뿐이지."

담우천은 허리를 펴며 말했다.

"정식으로 인사하겠네. 내 이름은 담우천. 그리고……."

"알아, 안다니까."

초혼이 손사래를 치며 웃다가 문득 그대로 얼은 듯 움직이지 못했다. 그의 입가에 걸려 있던 웃음이 고드름처럼 투둑 떨어져 나갔다. 바로 이어지는 담우천의 말을 듣고 난 직후의 일이었다.

담우천이 계속해서 말했다.

"그리고 한때 혈검수라(血劍修羅)라는 별호로 불리기도 했지. 한 십여 년 전까지 말이네."

그 말을 듣는 순간 담우천을 비웃던 초혼의 얼굴이 창백해지면서 동시에 얼음처럼 굳어버린 것이다.

세상에, 혈검수라라니.


3. 혈검수라


"보기보다 아는 게 많군. 내 별호도 알고 있는 걸 보니 말이지."

담우천의 말에 초혼은 그제야 정신을 차렸다. 그는 저도 모르게 마른침을 삼키며 담우천을 다시 한 번 바라보았다. 조금 전과는 전혀 다른 눈빛과 표정을 지은 채.

"혈검수라라면……."

그의 입에서 흘러나오는 목소리도 사뭇 떨리고 있었다.

"저 정사대전 당시 '사선을 밟고 가는 자들'의 행수(行帥)였던 그 혈검수라를 말하는 것이냐?"

담우천은 무심한 어조로 대답했다.

"혈검수라라는 별호를 사용하는 또 다른 자가 없다면, 확실히 내가 그 혈검수라다."

"믿을 수 없다."

초혼은 발작적으로 고개를 흔들며 말했다.

"그들은 십여 년 전에 몰살당했다. 그건 신주오대세가와 구파일방이 보증까지 한 일이 아니던가? 그런데 지금에 와서 혈검수라가 살아 있다고? 그 혈검수라가 네놈이라고? 웃기지 마라. 어디서 허튼 수작을 부리려는 것이냐?"

"그들이 거짓말을 한 거지."

담우천은 침착하게 말했다.

"당시 우리를 몰살시킬 수 있는 조직은 존재하지 않았다. 구파일방이나 신주오대세가, 심지어 오대가문조차 우리를 감히 어찌해 볼 수 있는 상황이 아니었거든."

정사대전이 종결된 직후, 비록 승리를 거머쥐기는 했지만 십오륙 년 간 이어졌던 그 대전으로 인해 정파의 힘은 많이 쇠약해져 있었다. 그 상태에서 담우천과 그의 동료들을 몰살시키기에는 그들이 너무나도 강했다.

"물론 우리를 몰살시킬 계획을 짜고 또 그 계획대로 일을 진행시키기는 했다. 그 와중에 살아남은 자들은 불과 다섯 명

뿐. 그중의 한 명이 바로 나다."

담우천의 말에 초혼은 입을 벌린 채 서 있었다.

지금 담우천이 하는 이야기는 그야말로 무림의 비사(秘事)인 동시에 백만금을 주고도 들을 수 없는 극비의 사건이었다. 정보를 취급하는 흑개방이나 황계에 넘기면 엄청난 돈을 챙길 수 있는 최고급의 정보이기도 했다.

담우천은 멍하니 서 있는 초혼을 바라보며 은밀하게 자신의 단전을 확인해 보았다.

'아직도……'

내공은 회복되지 않았다. 담우천의 내력이라면 지금쯤 어느 정도 내공이 모여 있어야 했다. 하지만 이 삼밀야는 확실히 지독한 놈이었다. 시간이 더 필요했다.

담우천이 다시 입을 열었다.

"오대가문과 신주오대세가, 그리고 구파일방의 계략으로 인해 동료들을 잃고 겨우 우리 다섯 명만 살아남게 되었지만 그 와중에 저들의 피해도 만만치 않았지. 열다섯 명을 죽이기 위해 무려 천여 명의 사상자를 냈으니까 말이야."

초혼은 저도 모르게 고개를 끄덕였다.

사선을 밟고 가는 자들이라면 충분히 그럴 수 있다고 생각했다. 그들이야말로 정사대전을 끝낸 주연들이었으니까.

"살아남은 우리들은 복수를 할 것이냐, 아니면 이대로 강호를 떠날 것이냐에 대해서 많은 고민을 했다. 동료들마다 의

견이 달랐지. 결국 각자의 의견을 존중하기로 결론이 났고, 나는 강호를 떠났다."

"비겁자였군!"

초혼은 저도 모르게 소리쳤다.

"사선을 함께 넘나들던 동료들의 억울한 죽음을 외면하고 강호를 떠나다니, 결국 저들이 무서웠던 거겠지? 저 오대가문으로 시작되는 태극천맹의 힘이?"

"뭐, 그럴 수도."

담우천은 여전히 무심한 눈빛으로 그를 바라보며 말했다.

"하지만 무엇보다 당시 나는 꽤 지쳐 있었다."

언제나 죽음을 등에 짊어지고 살아가는 세월. 알지도 못하는 자를 죽여야 하고 그래야만 또 하루 살아갈 수 있는 삶. 이 세상에 존재하고 있지만 그 누구에게도 존재를 드러내서는 안 되는 사람.

그런 세월이, 또 늘 봐왔던 배신과 흉계, 음모와 불순한 욕망 등이 가져다준 혐오감이 담우천을 더 이상 강호에 발을 딛지 못하게 만든 것이었다.

"모든 것에 지쳤다. 음모와 계략에 휘말려 살아가는 일도, 배신이니 복수니 일일이 따지는 것도……. 아니, 무엇보다 더 이상 피를 보기 싫었다. 그래서 당시 나는 아무런 미련 없이 강호를 떠난 게다. 두 번 다시 돌아오지 않을 생각으로."

담우천의 이야기는 게서 끝났다.

초혼은 믿을 수 없다는 눈으로 담우천의 얼굴을 바라보았다. 무표정해서, 너무나도 담담하게 보여서 진실을 말한 것인지 거짓말을 한 것인지 전혀 알 수가 없는 얼굴.

"뭐, 상관없다."

초혼은 잠시 그를 바라보다가 무슨 생각이 들었는지 피식 웃으며 입을 열었다.

"네가 혈검수라가 아니면 어떻고 또 사실이면 뭐하겠느냐? 지금 너는 삼밀야에 중독되어서 내 처분만을 기다리는 신세이니까. 이런……."

초혼은 그제야 생각났다는 듯 어깨를 살짝 움찔거리며 눈살을 찌푸렸다. 그리고는 비아냥거리는 눈빛으로 담우천을 바라보며 말을 이었다.

"왜 네가 그런 이야기를 했는지 이제야 알 것 같군. 삼밀야가 해독되기를 기다렸던 게야, 어리석게도."

그는 비웃듯 입가에 미소를 머금었다.

"설령 네가 천하의 혈검수라라 할지라도 삼밀야의 독은 쉽게 해독되지 않는다니까. 아까도 말했지만 최소한 두 시진은 족히 걸리니까 말이지. 하지만 만에 하나를 위해서라도 이젠 더 이상 시간을 주지 않겠어."

담우천이 무뚝뚝하게 말했다.

"확실히 노련하고 견문도 넓고 실력도 좋아. 눈치도 빠르고."

"괜한 칭찬으로 시간 끌 생각은 하지 마."

초혼이 손을 들었다. 살기가 그의 손끝에 매달렸다. 담우천이 다시 말했다.

"하지만 사람 볼 줄 아는 눈은 없다. 만약 그것까지 있었다면 자네가 날 죽일 수 있었을 것이다."

초혼의 눈가에 의혹이 빛이 스며들었다.

"그게 무슨……."

그는 말을 하다가 말고 문득 손을 들어 제 목을 어루만졌다. 목젖 근처에서 뭔가 축축한 것이 흐르는 느낌이 들었기 때문이었다.

"이건?'

초혼은 목을 훑은 제 손을 보고 믿을 수 없다는 얼굴이 되었다. 손가락에 묻어난 붉은색의 피. 그러고 보니 언제 뚫렸는지 모르게 구멍이 난 초혼의 목에서는 꾸역꾸역 피가 밀려 나오고 있었다.

"나를 혈검수라라고 인정했다면 내 검이 얼마나 빠른지도 생각해 두었어야지."

담우천의 침착한 말에 초혼은 저도 모르게 중얼거렸다.

"무극섬사……."

그랬다. 그에게는 빛보다 빠르다는 쾌검식, 무극섬사가 있었다. 담우천의 말대로 초혼은 그걸 잊고 있었던 것이다. 내공만 뒷받침된다면 그 어떤 자라 하더라도 마음먹은 순간에 죽일 수 있다는 쾌검이 바로 무극섬사였다.

하지만 여전히 초혼은 이해가 가지 않았다.

"언제 내공을… 되찾았지?"

그렇게 묻는 초혼의 입에서 붉은 거품이 흘러나왔다. 담우천은 담담하게 말했다.

"자네가 더 이상 시간을 주지 않겠다, 라고 말했을 때."

"미, 믿을 수가… 없어. 삼밀야에 중독된 지… 불과 반 시진도 흐르지⋯⋯."

초혼은 부글부글 끓어오르는 붉은 거품으로 인해 더 이상 말을 이을 수가 없었다. 그는 혼미해져 가는 정신의 한 자락을 힘들게 부여잡았다.

'바보다, 나는. 놈이 중독되었을 때 곧바로 죽였어야 했거늘.'

간과하고 있었다, 상대가 혈검수라라는 사실을. 전설처럼 전해져 오는 이야기에 따르면 마중제일(魔中第一)이라 불렸던 금강철마존(金剛鐵魔尊)조차 저자의 무극섬사에 치명상을 입었다고 했다. 초혼은 그 무극섬사의 무서움을 간과하고 있었던 것이다.

하지만⋯⋯.

'이대로 죽을 수는 없다.'

초혼은 마지막 남은 기력을 손끝에 모아 제 앞에 서 있는 담호의 정수리를 내려찍었다.

일촉즉발의 순간이었지만 담우천은 움직이지 않았다. 아니, 움직일 수가 없었다. 단전에 흘러든 단 한 방울의 진기를 무극섬사를 펼치는 데 모조리 소진했기 때문이었다.

즉, 그가 내공을 되찾은 듯이 초혼에게 이야기했던 건 허장성세(虛張聲勢)에 불과했던 것이다.

'미안하다, 아들아.'

담우천은 초혼이 담호의 정수리를 내려찍는 걸 지켜보면서 이를 악물었다.

'일 푼의 내공만 더 있었더라면…….'

조금 전에 펼쳤던 무극섬사로 놈을 즉사시켰을 것이다. 그러나 내공이 턱없이 모자란 와중에 펼친 까닭에 생각보다 얕게 찔려갔다. 놈에게 아들을 죽일 빌미를 만들어준 게다.

평소 무심하고 담담하기만 하던 담우천의 두 눈은 시뻘겋게 충혈되어 금방이라도 튀어나올 것만 같았다.

'반드시 복수해 주마. 살막과 그와 관련된 모든 자를 죽여서 네 저승길이 외롭지 않도록…….'

그렇게 피눈물이 흐를 것 같은 눈으로 노려보던 담우천의 얼굴에 이채의 빛이 스며든 건 바로 그 직후의 일이었다. 마혈이 제압당해 있던 담호가 몸을 낮추는가 싶더니 팔꿈치를 휘둘러 초혼의 복부를 가격한 것이었다.

"컥!"

초혼이 피를 토하며 움찔거렸다. 그 틈을 타서 담호는 초혼의 품을 빠져나와 담우천에게 달려갔다. 담우천은 재빨리 아이를 부둥켜안았다.

마지막 기력이 검붉은 피와 함께 입 밖으로 쏟아져 나온 초혼은 그대로 앞으로 꼬꾸라졌다. 그는 쿵! 소리와 함께 바닥에 쓰러진 후 부르르 떠는가 싶더니 더 이상 몸을 움직이지 않았다. 절명한 것이다.

담우천은 곁눈질로 초혼의 죽음을 확인하면서 담호에게 물었다.

"다, 다친 곳은 없느냐?"

그는 저도 모르게 말을 더듬고 있었다. 아마 그가 말을 더듬은 건 평생에 걸쳐 몇 번 없던 일이리라.

"네, 없어요."

다행이다, 정말 다행이다.

담우천은 저도 모르게 소년을 힘주어 꽉 안았다. 안도감과 함께 정체를 알 수 없는 뜨거운 감정이 그의 가슴속에서 뭉클거리며 피어올랐다.

담우천은 이윽고 냉정을 되찾으며 물었다.

"어떻게 점혈을 풀었느냐?"

담호는 저도 이해할 수 없다는 듯한 표정을 지으며 말했다.

"모르겠어요. 그저 최대한 정신을 집중해서 몸을 움직이려고 했을 뿐이에요. 그랬더니……."

"그랬더니?"

"단전에서 뜨거운 기운이 올라와 제압당한 마혈을 두드렸어요. 그래서 움직일 수 있었어요."

담우천은 놀랐다.

지금 소년의 이야기는 스스로 내공을 운용하여 해혈(解穴)하는 상승의 수법이었다. 최소한 내공이 일 갑자 이상 쌓이고 점혈과 해혈법에 대해서 정통한 지식이 있어야만 가능한 고차원의 수법이었다.

소년은 지금 그걸 아무 생각 없이 해냈다는 것이다. 있을 수 없는 일이었다. 초혼의 수법이 정확하지 않았거나 생각보다 얕게 점혈되지 않은 이상에는 아무리 천고의 기재라 하더라도 내공을 익힌 지 불과 두 달도 안 된 상태에서 스스로 해혈하는 방법을 터득할 수는 없었다.

잠시 생각하던 담우천은 저도 모르게 고개를 끄덕이며 중얼거렸다.

"그렇군. 천잠묵갑 덕분이었겠다."

천잠묵갑은 원래 담우천이 입고 있던 최강의 방어구, 도검은 물론 상대의 내력도 어느 정도 막아주는 효능을 지닌 무복이었다.

담우천은 그 천잠묵갑을 찢어서 담호와 담창에게 입혔는데 바로 담호가 입고 있던 그 천잠묵갑이 초혼의 점혈수법을 어느 정도 막아준 것이 분명했다.

'놈은 아무 생각 없이 평소의 힘으로 점혈했겠지. 하지만 천잠묵갑이 그 힘을 분산시켰고, 그래서 점혈이 얕게 들어간 거야. 그래서 담호의 내공만으로도 해혈할 수가 있었던 것이고.'

점혈은 상승의 수법이기도 한 데다가 무엇보다 정교한 힘의 분배가 필요한 작업이었다. 만약 일 푼이라도 힘이 더 들어가거나 덜 들어가게 되면 즉사하거나 혹은 제대로 제어되지 않는 게 바로 점혈 수법이었다.

어쩌면 천운이라 할 수 있었다. 만에 하나, 라는 생각으로 아이들에게 천잠묵갑을 입힌 게 이런 식의 행운으로 돌아올 줄 어느 누가 알았겠는가.

담우천은 그런 생각을 하면서 담호의 얼굴을 쓰다듬었다. 담호는 상기되어 있었지만 겁에 질리거나 두려워하지 않았다. 단지 이렇게 아빠의 품에 안겨 있다는 것이 정말 기분 좋은 일이라는 걸 새삼 느낄 따름이었다.


*　　　　*　　　　*


"미안해요."

정신을 차리자마자 소화는 그렇게 말하고는 한없이 눈물을 흘렸다. 담호는 어쩔 줄 몰라 했고 뒤늦게 선잠을 깬 담창은 제가 더 슬픈 듯 찢어지는 목소리로 울기 시작했다.

"아창을 데리고 나가 있으려무나."

담우천의 말에 담호는 담창을 데리고 부엌으로 향했다. 문이 닫힌 후 담우천은 침상 끄트머리에 걸터앉으며 소화의 어깨를 쓰다듬었다. 소화는 기다렸다는 듯이 담우천의 가슴에 얼굴을 파묻었다.

"고생이 많았구나."

담우천은 한숨을 쉬며 말했다.

"괜히 나와 얽히게 되어서 네가 겪지 않아도 될 일들을 겪었다. 미안하다, 모두 내 탓이다."

"아니에요. 내가 잘못했어요."

소화는 눈물을 멈추지 않았다.

"아저씨랑 헤어진 후 그냥 정주를 떠났으면 아무 일 없었을 거예요. 아저씨가 원한 것도 사실 그거였잖아요? 행여 내게 무슨 일이라도 생길까 봐 일부러 모질게 내쫓은 거잖아요. 그런데 나는 그걸 알면서도 바보같이 아저씨 주변에서 떠나지 못했어요. 그 바람에 저자에게 잡혔어요. 정말 미안해요, 괜히 나 때문에 아저씨와 아호, 아창이 위험한 상황을 겪게 만들어서……."

그녀가 쉬지 않고 울면서 띄엄띄엄 했던 말을 종합해 보면 대충 그런 이야기였다.

담우천은 묵묵히 그녀의 이야기를 들으며 어깨를 쓰다듬어 주었다. 그렇게 한없이 울던 소화도 이제 진정이 되는지 훌쩍거리며 울음을 멈췄다. 그러다가 갑자기 고개를 들어 담우천의 입에 제 입술을 가져다 댔다.

돌발적인 상황이었다. 담우천의 입술 위로 그녀의 부드러운 입술이 겹쳐졌다. 담우천은 피하지 않았다. 그녀가 입술을 뗄 때까지 그저 목석처럼 앉아 있었을 뿐이었다.

"죄송해요."

그녀가 고개를 숙인 채 사과했다.

"이제 아저씨 앞에 나타나지 않을게요."

담우천은 물끄러미 그녀를 바라보았다. 그리고는 조금은 다정하게 느껴지도록 부드럽게 말했다.

"가자, 아이들이 밖에서 기다리고 있다."

소화가 놀란 듯 고개를 들었다. 담우천이 침상에서 일어나며 말을 이었다.

"아무래도 네 도움이 계속 필요할 것 같구나. 아이들 돌보는 거, 의외로 어려운 일이더군."

소화의 얼굴이 활짝 피어났다.


4. 한 달 후


"살막 측에서 배상금을 보내왔습니다."

"배상금?"

"네. 이번 청부 건을 포기하겠다면서 청부 대금의 다섯 배를 보내왔습니다."

"살막에서 청부를 포기하겠다고?"

"그렇습니다. 은자 이만 냥으로는 도저히 수지가 맞지 않는 대상이라고 합니다."

"뭐야, 도대체. 우리가 청부를 요구한 자는 유주에서 온 무명의 낭인에 불과하잖아? 그런데 은자 이만 냥으로는 도저히 수지가 맞지 않는다고 십만 냥을 배상해 와? 그 돈에 미친 살막에서?"

"안 그래도 속하가 이야기를 해보았습니다. 이만 냥으로 부족하다면 더 얹어주겠다. 얼마면 되느냐고 했더니……."

"그래, 얼마면 된다고 하더냐?"

"은자 오십만 냥을 요구하더군요. 그것도 자기네들이 결코 남는 장사가 아니라면서, 한 번 포기한 까닭에 이윤 포기하고 부르는 대금이라고 했습니다."

"말도 안 되는군."

흑개방주는 소리조차 지르지 못했다. 원래 화가 머리끝까지 솟구치면 외려 더 차분해지는 법이었다.

"우리가 태극맹주를 죽여달라고 청부한 것도 아닌데 은자 오십만 냥이라고? 이거 우리를 너무 물로 보는 거 아닌가?"

흑개방주의 앞에 부복한 중년인은 여전히 차분한 어조로 대답했다.

"그런 것 같지는 않습니다. 직접적으로 이야기는 듣지 못했습니다만 아무래도 이번 청부 건으로 적지 않은 살수들을 잃은 것 같더군요."

"그런데도 담… 뭐라고 했지?"

"담우천입니다."

"그래, 그 담우천이라는 자는 죽이지 못하고?"

"그렇습니다."

"도대체 담우천, 그자의 정체가 뭐야?"

"안 그래도 조사 중입니다. 유주에 사람을 보내서 알아보고 있습니다. 그런데……."

"그런데?"

"그를 아는 자가 거의 없습니다. 유주의 유명촌이라는 마을에서 정보를 사고파는 자가 있습니다. 저귀라고 합니다, 별명이. 그자가 담우천을 한 번 만난 적이 있다고 하더군요. 하지만 어디에서 왔는지 무슨 배경을 지니고 있는지 또 어느 정도의 실력을 지녔는지에 대해서 전혀 모르고 있습니다."

"그래서, 게서 멈춘 건가? 우리 흑개방의 정보력이라는 게 겨우 그 정도에 불과했었나?"

"물론 아닙니다. 담우천의 행적을 계속 역추적하는 중입니다. 아직 시간이 부족해서 그렇지, 한두 달 안으로 그자의 모든 것을 알아낼 수 있을 겁니다."

"책임지고 진행해."

"알겠습니다."

중년인은 고개를 숙인 채 질문했다.

"그럼 청부 건은 어찌할까요?"

"은자 오십만 냥이라니, 미쳤나?"

"포기할까요?"

"포기해야지. 살수조직이 살막만 있는 게 아니니까. 게서 배상금으로 은자 십만 냥을 받았다고 했나?"

"그렇습니다."

"그럼 그 돈으로 다른 살수조직을 찾아봐. 대자객교나 은 자림이나, 뭐 또 다른 곳이나. 확실히 놈을 죽일 수 있는 살수들을 찾아봐."

"알겠습니다."

"그런데 지금 놈은 어디 있지?"

"한 달 전 정주에서 확인된 이후 모습을 감췄습니다."

"뭐야?"

혹개방주의 인상이 잔뜩 찌푸려졌다. 그러나 여전히 중년인의 목소리는 침착하게 이어지고 있었다.

"살막에게 쫓긴다는 사실을 알고 잠수한 것 같습니다. 본방의 지부와 분타의 사람들을 동원하여 그를 찾고는 있지만 아직 어디에서고 그 흔적이 발견되지 않고 있습니다."

"어이구. 이거야, 정말."

혹개방주는 손으로 이마를 감싸며 한숨을 내쉬었다. 혹개방의 체면이 말이 아닌 게다.

중년인이 잠시 기다렸다가 다시 입을 열었다.

"차라리 태극천맹 쪽에 부탁을 하는 건 어떨까 싶습니다."

"태극천맹?"

"네. 만약을 대비해서 쌓아둔 인맥을 활용한다면 태극감찰밀의 힘을 빌릴 수 있지 않을까 생각합니다."

흑개방주는 턱을 매만지며 곰곰이 생각했다.

"흠, 그들에게 부탁하려면 제법 돈이 들어갈 텐데. 워낙 돈을 밝히는 놈들이라서."

"돈은 필요 없을 것 같습니다."

중년인의 말에 흑개방주가 서둘러 물었다.

"그건 무슨 소리지?"

"극비로 금제하고 있는 정보 중 하나만 풀면 그들의 도움을 받을 수 있습니다. 가령 동생의 아내와 몰래 통정(通情)했다는 정보나 혹은 남색(男色)을 밝힌다는 사실 같은 것 말입니다."

"흐음, 그건 협박이 아닌가?"

"협박과 부탁은 이쪽에서 어떻게 말을 하느냐에 따라서 달라집니다. 협박이 아니라 부탁이라고 생각하게끔 하겠습니다."

"자네가 직접 나설 생각인가?"

"허락해 주신다면."

"누구를 만날 건데?"

"아무래도 제 입장에서는 구파일방 쪽이 편합니다."

흑개방주는 잠시 생각하다가 고개를 끄덕였다.

"흠, 좋아. 금제된 정보를 풀 권한을 주겠네. 대신 우리 흑개방에게 절대 피해가 와서는 안 되는 것이야."

"명심하겠습니다, 방주."

중년인은 그렇게 말한 후 방주의 거처를 빠져나왔다. 문이 닫히는 순간 무표정하기만 했던 중년인의 입가에 희미한 미소가 스며들었다.

드디어 때가 된 것이다.

저 돈만 밝히는 방주 대신 자신이 직접 이 흑개방을 진두지휘할 때가.

第八章
동료들

광자는 눈을 가늘게 뜨며 말을 이었다.

"그래서 형님은 이미 죽었다고 생각했소. 그날 이후 단 한 번도 형님의 암화는 볼 수 없었으니까."

"먼 곳에 가 있었네."

담우천은 그와 자신의 술잔에 죽엽청을 따르며 말했다.

"모든 걸 버리기 위해서, 그리고 모든 걸 새로 얻기 위해서 중원을 떠났네. 그리고 변방 저 너머 그 바깥 세계에서 죽은 듯이 살고 있었지."

## 1. 황주객잔(黃酒客棧)

호광성(湖廣省).

장강 상류와 한수의 합류 지점에 위치한 성시(城市) 무한(武漢)에는 강남의 삼대 명루 중 하나인 황학루(黃鶴樓)가 있다. 황학루 오 층에서 내다보이는 장강의 풍광이 더없는 장관인 까닭에 옛부터 많은 시인묵객이 그곳에서 명시를 남긴 곳으로도 유명했다.

때는 삼월 초, 얼음이 녹고 바람의 방향이 바뀌고 봄빛이 스며드는 가운데 황학루에는 주변 풍광을 구경하기 위해 많은 사람이 모여들었다. 하지만 그 누구도 황학루 한쪽 벽면 귀퉁이 아래에 기묘한 문양의 낙서가 그려져 있는 걸 알아차리지 못했다.

하기야 글자도 그림도 아닌, 마치 세 살배기 꼬마가 아무렇게나 그린 듯한 낙서에 어느 누가 신경을 쓰겠는가. 그러니 그 낙서가 그려진 게 두 달 전 한밤중의 일이었다는 것 또한 아무도 알 리가 없었다.

그리고 낙서가 그려진 이후 두 달 동안, 황학루에서 십여 리 떨어진 무한의 외진 거리 구석진 골목에 있는 황주객잔(黃酒客棧)에 부부로 보이는 남녀와 두 명의 아이가 장기 투숙하고 있다는 사실 또한 그 누구도 알 수 없었다.

황주객잔은 지배인과 숙수를 겸하는 주인과 두 명의 점소이가 일하는 조그만 이층 객잔이었다.

아래층은 술과 음식을 팔고 이 층은 십여 개의 조그만 방으로 나뉘어져서 손님들이 묵고는 하는데, 황주객잔이 세워진지 사십 년 이래 무려 두 달이나 숙식을 하는 손님은 처음이었다.

그런 까닭에 처음 한 달가량은 점소이들은 물론 주인마저도 호기심 어린 눈초리로 그들을 힐끗거렸다. 하지만 요 근래와서는 마치 한식구라도 되는 양 아무런 허물 없이 그들을 대했다.

아들과 손자가 없는 주인장은 두 살배기 꼬마 녀석을 친손자처럼 데리고 놀았으며 점소이들은 형이라도 된 양 아홉 살 꼬마 녀석의 머리를 쓰다듬어 주었다.

그러면서도 한편으로는 그 두 아이의 부친을 보면서 한숨을 내쉬는 것도 잊지 않았다.

"전생에 나라를 구하기라도 했나, 그 외모에 그 나이에 저렇게 어리고 예쁜 여자랑 같이 살다니 말이야."

"왜, 좋잖아? 그 두 사람을 보면 나도 가능하다, 라는 희망을 가질 수 있는데."

점소이들은 그렇게 소곤거리며 두 아이의 부모를 힐끗거렸다.

아이들의 어머니라고 오해받는 소화는 그런 시선이 즐거운 모양이었다.

"저 사람들, 또 우리를 쳐다보네요. 그렇게 우리가 보기 좋나 보죠?"

그녀는 일부러 더 상냥한 표정을 지으며 사근사근 말했다. 소화와는 달리 아이들의 진짜 아버지인 담우천은 언제나 그랬던 것처럼 무신경한 목소리로 대꾸했다.

"우리 관계가 수상쩍은 거겠지. 부부라고 하기에는 나이 차이가 많아 보이고 또 부녀지간으로 생각하기에는 별로 차이가 나지 않으니까."

"부부로 볼 거예요."

그렇게 말한 소화는 장난꾸러기처럼 키득거렸다.

처음 이곳 객잔에 들어서기 전, 그녀는 담호에게 단단히 일

러두었다. 만약 다른 사람들이 그들에 대해서 묻거든 '엄마, 아빠'라고 둘러대라고 말이다. 그게 사람들이 그들 일행을 수상쩍게 생각하지 않도록 하기 위한 최선의 방편이라고 설명하면서.

"사람들의 이목을 피하기 위해서는 가족이라고 소개하는 게 제일 좋거든. 그렇다고 내가 누나라고 하기에는 네 아빠와 너무 나이 차이가 나지 않아 보이잖아."

"누나 말이 맞아요. 아창에게도 단단히 주의를 줄게요. 아, 나부터 조심해야겠네. 사람들 있을 때 누나라는 말이 안 나오도록 미리미리 연습해야겠어요."

담호는 고개를 끄덕이며 또박또박 말했다.

그는 정주에서의 사건 이후 한결 어른스러워졌다. 소년은 자신이 아버지의 방해물이 되어서는 안 된다는 생각을 하고 있었다.

아버지의 발목을 잡지 않기 위해서는 지금보다 몇 배는 강해져야 했다. 육체적으로는 물론 정신적으로도 강해져야 했다. 지금 상황에서 무엇이 최선인지 정확하게 판단하고 주저 없이 실행할 수 있는 판단력과 결단력, 실행력 같은 것도 키워야 했다.

그래서 담호는 더 이상 떼를 부리지 않고 이기적으로 생각하지 않았다. 예전 같다면 소화의 제안에 누나는 내 엄마가 아니라고 대꾸했을 그였지만 이제는 달랐다. 무엇이 최선인가를 생각할 줄 알게 된 것이다.


   2. 모든 걸 버리기 위해서, 그리고 모든 걸 새로 얻기 위해서


   점심때가 갓 지나 한적한 객잔 내.
   점소이들은 지쳤다는 듯이 빈 탁자에 앉으며 잠시 휴식을 취하고 있었다. 그러니, 객잔 문이 열리고 새로운 손님이 들어섰을 때 점소이들의 얼굴에 짜증이 드러난 건 당연한 일이었다.
   사십대 초반으로 보이는 중년 사내였다. 이 허름한 황주객잔과는 어울리지 않는, 거대한 체구를 비단옷으로 휘감고 온갖 장신구로 치장한 그는 거만한 눈빛으로 장내를 쓸어보더니 곧장 구석진 자리로 걸어갔다.
   그 자리에는 이곳 황주객잔이 생긴 이래 최고로 오랫동안 투숙하고 있는 일행 중 한 명인 담우천이 홀로 앉아 술을 마시고 있었다.
   장내를 가로질러 그곳으로 걸어간 중년 사내는 거침없이 담우천의 맞은편 자리에 앉았다. 그리고는 불쾌하다는 표정을 지으며 점소이에게 말했다.
   "제일 좋은 술과 제일 좋은 안주를 가져와라."
   주문을 받은 점소이가 주방으로 향했다. 다시 두 사람만 남

게 되자 부유해 보이는 중년 사내는 담우천을 바라보며 입을
열었다.

"십 년 만이오?"

담우천은 그제야 중년 사내를 바라보며 말했다.

"오랜만이군, 광자(狂子)."

미친놈, 광자라 불린 중년 사내는 살짝 인상을 찌푸렸다.

"광자라는 소리, 정말 오래간만에 들어보는군. 그런데 이
렇게까지 기분 나쁜 호칭인지 처음 알았네."

중년 사내는 담우천의 술잔을 빼앗아 단숨에 마신 후 돌려
주며 말을 이었다.

"그러나저러나, 무슨 일이오? 떠날 때는 두 번 다시 만날
일 없을 거라고 해놓고서는 이제 와 뜬금없이 암화(暗話)를
남기다니 말이지."

담우천은 광자의 질문에 대답하지 않은 채 다른 화제로 말
을 돌렸다.

"그동안 살이 좀 빠진 것 같군."

허리가 항아리처럼 둥근 광자가 한숨을 쉬었다.

"아랫놈들 때문에 골치가 아프다오. 나 몰래 훔쳐가는 액
수도 적지 않은 데다가 그런 녀석들이 또 얼마나 게으르고 말
을 안 듣는지 원."

"제법 사업이 잘 되나 보군그래."

"사업이라고 할 거까지 뭐 있겠수? 별 볼 일 없는 포목점

주인일 뿐이오. 겨우 먹고 살 만할 뿐이지."

광자는 담우천이 돈을 빌려달라고 할까 봐 매우 걱정이 된다는 표정을 지으며 손사래를 쳤다. 담우천이 입을 열려고 할 때, 점소이가 술과 요리를 가지고 돌아왔다. 그것을 본 광자가 다시 한숨을 내쉬었다.

"겨우 이 정도가 이곳의 최고라는 겐가? 시큼한 냄새가 나는 죽엽청에 덜 구운 듯한 오리구이가?"

점소이의 얼굴이 벌겋게 달아올랐다. 광자는 어깨를 으쓱거리며 말했다.

"할 수 없지. 뭐, 애당초 기대도 하지 않았으니까."

점소이는 기분이 상했던 듯 돌아서며 아무도 모르게 침을 뱉었다. 동시에 광자가 그의 뒤통수를 후려치려다가 손을 거둬들였다.

"참을성이 늘었군."

담우천의 말에 광자는 당연하다는 듯이 대꾸했다.

"장사를 하다 보면 느는 게 세 가지 있소. 엄살, 걱정, 그리고 참을성이 바로 그것이오."

광자는 한숨을 쉬며 말을 이었다.

"하지만 줄어드는 것도 세 가지나 되오. 재산, 몸무게, 그리고 사람에 대한 믿음."

담우천은 잠시 광자의 얼굴을 바라보다가 고개를 끄덕이며 동의하듯 말했다.

"확실히 엄살이 늘었군."

"나는 거짓말을 하지 않소. 형님이 반드시 약속을 지키는 것처럼."

기묘한 모습이었다. 담우천보다 족히 열 살은 많아 보이는 외모의 광자가 그에게 형님 운운하는 것은.

"그런가?"

"그렇다니까. 한데 다른 친구들은 아직 오지 않았소? 암화를 봤다면 반드시 올 텐데."

"아직 보지 못했나 보지."

"그럴 리는 없소. 지난 십여 년 동안 우리는 두 달에 한 번 정도는 반드시 황학루의 암화를 확인했더랬소. 몇 명 남지 않은 친구들, 서로의 안부를 확인하는 데 시간과 노력을 투자하는 건 절대로 낭비가 아니니까 말이오."

광자는 눈을 가늘게 뜨며 말을 이었다.

"그래서 형님은 이미 죽었다고 생각했소. 그날 이후 단 한 번도 형님의 암화는 볼 수 없었으니까."

"먼 곳에 가 있었다."

담우천은 그와 자신의 술잔에 죽엽청을 따르며 말했다.

"모든 걸 버리기 위해서, 그리고 모든 걸 새로 얻기 위해서 중원을 떠났네. 그리고 변방 저 너머 그 바깥 세계에서 죽은 듯이 살고 있었지."

광자는 눈을 가늘게 뜨고 담우천의 얼굴을 바라보았다. 담우천은 거침없이 술잔을 비우고 다시 술을 따랐다. 광자도 묵묵히 술잔을 들었다. 하지만 그는 곧 죽엽청의 냄새를 맡고는 살짝 눈살을 찌푸리며 술잔을 내려놓았다. 그리고는 코를 매만지며 물었다.

"게서 십여 년 동안 잘 지내다가 갑자기 암화를 그린 까닭이 아무래도 우리들이 보고 싶었던 건 아닌 것 같고… 도움이 필요해서 돌아왔소?"

담우천은 담담하게 고개를 끄덕였다. 광자가 피식 웃으며 말했다.

"낯도 두껍소. 모든 게 형님 마음대로구려."

"미안하게 생각하고 있다."

"미안할 짓을 왜 하우?"

광자가 아무래도 마음에 들지 않는다는 듯이 담우천에게 타박을 놓을 때였다.

다시 객잔의 문이 열리고 또 한 명이 들어섰다. 이번에는 졸고 있던 점소이들의 눈이 번쩍 뜨일 정도로 아름다운 용모를 가진 여인이었다.

대략 서른 초중반 정도 되었을까. 농익다 못해서 단물이 뚝뚝 떨어질 것만 같은 뇌쇄적인 몸매와 고혹적인 미모를 가진 그녀는 광자와 마찬가지로 객잔 대청을 한 바퀴 쓸어본 다음, 곧장 담우천의 자리로 향해 걸어왔다.

막 담우천을 향해 쓴 소리를 내뱉으려던 광자가 그녀를 보고는 환하게 웃으며 반겼다.

"이거, 갈수록 아름다워지는군그래. 건파."

건파(虔婆)는 기생어미, 포주를 가리키는 말이었다. 혹은 몹쓸 할망구, 못된 년이라는 의미로도 사용되는 단어이기도 했다. 저렇게 아름답고 유혹적인 여인에게 함부로 사용할 말이 아니었다.

그러나 여인은 그런 나쁜 소리를 듣고서도 그저 부드럽게 웃었다. 그 입과 눈매가 초승달처럼 휘어지는 모양새가 얼마나 아름다운지, 보는 사람의 넋을 빼앗고 가슴을 두근거리게 만들기에 충분했다.

그녀, 건파는 광자 옆자리에 앉으며 말했다.

"갈수록 살이 빠지네요, 광자 오라버니는."

"너는 갈수록 젊어지고. 뭐, 사내들 양기를 물마시듯 매일 흡수하니까 당연한 일인가?"

"참, 오라버니두. 살이 빠진 대신 입담만 늘었네요."

그녀가 눈웃음을 치자 광자는 고개를 돌렸다. 예전에도 그랬지만 언제나 그녀의 미소는 보는 사람으로 하여금 가슴을 두근거리게 만들었다.

하지만 그녀의 진면목을 아는 사람이라면 달랐다. 그들은 건파의 눈웃음을 보고 심장이 멈을 것 같은 두려움과 죽음의 낫이 목덜미에 내려앉는 듯한 공포를 느껴야만 했다. 지금 목을 움츠리며 애써 시선을 돌리는 광자처럼.

"오랜만이다, 염요(艶妖)."

담우천이 말했다.

건파, 그리고 염요라 불린 여인은 그제야 담우천을 돌아보았다. 그녀의 흑진주처럼 검은 눈동자에 담우천의 얼굴이 아로새겨졌다.

"오랜만이네요, 대가(大哥)."

대가라.

확실히 오래간만에 들어보는 소리다. 담우천에게 대가라고 부르는 사람은 무림 전체를 통틀어 오직 그녀뿐이니까.

담우천의 입가에 희미한 미소가 스며들었다.

이렇게 앉아 있으니 갑자기 과거 어느 한때로 돌아가 있는 기분이 드는 것이다. 믿을 수 있고 등을 내줄 수 있는 동료들과 함께 임무를 마치고 술을 마시며 회포를 풀던 그때.

"건파라니, 청루(靑樓)라도 연 건가?"

담우천의 질문에 염요는 가볍게 고개를 끄덕이며 말했다.

"대가도 잘 아시겠지만 내가 잘하는 게 딱 두 가지뿐이잖아요. 그중 사람 죽이는 거야 접었으니 남은 하나를 가지고 먹고 살아야죠."

그랬다.

염요는 확실히 두 가지 일에는 특출 난 재능을 지녔다. 그녀는 누구보다도 더 사람을 잘 죽였다. 아무런 망설임 없이, 전혀 예기치 않은 순간에 그녀는 상대의 목숨을 빼앗았다.

'싸움에 미친 놈'이라는 무투광자(武鬪狂子)도, '지옥에서 온 살인귀'라는 혈검수라도 당해낼 수 없을 정도로 무정하고 냉혹한 심성을, 이 아름답고 뇌쇄적인 여인이 가지고 있었던 것이다.

그녀가 잘하는 것 중 또 다른 하나는 바로 정사(情事)였다. 남녀 간의 교합.

사랑이 없어도 상관없는, 아니, 오히려 사랑이 존재하지 않는 사이끼리 즐겨야만 제대로 된 쾌락을 느낄 수 있다는 게 그녀의 주장이었다. 그래서 지난 시절 염요의 주변에 있던 사내 중 그녀와 몸을 섞지 않은 자는 오직 그녀의 동료들뿐이었다.

살인과 정사. 그녀가 잘하는 두 가지. 그것이 바로 그녀의 별호가 나찰염요(羅刹艶妖)인 이유였다.

광자, 무투광자는 어깨를 으쓱거리며 말했다.

"건파, 이 녀석의 주루는 늘 문전성시를 이뤄서 일 년에 한 번씩 문지방을 교체한다고 하오. 데리고 있는 계집들이 하나같이 절색인 데다가 사내 녹이는 백팔 가지 비법을 가지고 있다고 하던데. 쳇, 나는 몇 번 찾아가도 상대조차 해주지 않더구려."

염요, 나찰염요는 부드러운 어조로 말했다.

"오라버니는 나와 가족이잖아요. 가족끼리 사랑을 나누는 집안이 세상에 어디 있어요?"

"늘 이야기했지만 난 너와 가족 되기 싫어. 나도 다른 놈들처럼 네 야들야들한 속살을······."

무투광자가 침을 흘리며 말할 때였다. 이 층에서 우당탕탕하는 소리가 들리는 바람에 그는 하던 말을 멈춰야 했다.

까르르, 웃는 소리와 '아이, 참! 뛰지 말라고 했지?' 하는 젊은 여인의 목소리, 그리고 '아창! 그러다가 넘어진다?' 하는 꼬마의 목소리가 뒤엉켜 들려왔다. 그리고는 이내 그 야단법석의 주인공들이 모습을 드러냈다.

두어 살배기의 꼬마가 선두에서 신난 듯 계단을 내려왔고 그 뒤를 이어 스무 살 언저리의 여인이, 아홉 살가량의 소년이 그 꼬마를 잡으려 허둥지둥 계단을 내려왔다.

그 광경을 본 무투광자가 인상을 찡그렸다.

"역시 꼬마들은 시끄럽다니까."

그 꼬마가 담우천을 향해 신나게 소리쳤다.

"빠빠!"

무투광자의 눈이 휘둥그레졌다. 나찰염요의 표정도 달라졌다. 담우천은 어색한 듯 헛기침을 했다.

용케 넘어지지 않고 계단을 내려온 꼬마, 담창이 두 팔을 벌린 채 환하게 웃으며 담우천에게로 달려왔다. 뒤따르던 여인과 소년, 즉 소화와 담호는 담우천의 자리에 낯선 이들이 앉아 있음을 발견하고는 경계의 빛을 보였다.

뒤뚱거리며 달려온 담창이 담우천의 장딴지를 부둥켜안으

며 연신 아빠, 아빠를 외쳤다. 담우천은 가만히 아이를 들어 제 무릎 위에 앉혔다.

"설마……."

무투광자는 저도 모르게 마른 침을 삼키고는 담창을 가리키며 입을 열었다.

"형님의 자식이우?"

담우천은 고개를 끄덕였다. 무투광자가 믿을 수 없다는 듯이 입을 벌렸다.

"아니, 나보다 몇 배는 꼬마 녀석들을 싫어하던 게 형님이지 않았소?"

"그렇게 되었다."

분위기를 보아하니 적은 아닌 것 같다고 여겼는지, 계단 쪽에서 잠시 경계의 눈초리로 낯선 이들을 살피던 담호가 천천히 다가왔다. 그 뒤로 소화가 조금은 겁먹은 듯한 표정을 지은 채 따라 걸어왔다.

무투광자와 나찰염요의 시선이 그들에게로 향했다. 가까이 다가간 담호는 조심스럽게 인사했다.

"안녕하세요. 아빠 친구 분들이신가 보죠?"

무투광자가 허, 하면서 담우천에게 다시 물었다.

"이 녀석은 큰아들?"

담우천이 고개를 끄덕였다.

무투광자는 어이없다는 표정을 짓고는 두 손으로 얼굴을

벅벅 문질렀다. 그때 소화가 다가와 머뭇거리다가 조심스럽게 담우천의 옆자리에 앉았다. 무투광자는 그제야 정신을 차리고는 허겁지겁 자리에서 일어나며 두 손을 모았다.

"인사가 늦었습니다, 형수. 형님의 친동생과 다름없는 광자라고 합니다."

그의 인사가 마음에 들었던 것일까. 소화의 긴장한 얼굴에 배시시 미소가 떠올랐다. 하지만 그녀는 곧 손을 흔들며 부끄럽다는 듯이 말했다.

"아녜요, 그런 게."

"네?"

"그러니까 저는……."

"내 아내가 아니다."

담우천이 딱 잘라 말했다. 소화는 조금 슬픈 표정을 지었고 무투광자는 더 놀란 얼굴이 되었다.

"그렇다면 큰딸?"

"바보."

잠자코 지켜보고 있던 나찰염요가 타박을 주었다.

"우리와 헤어진 게 언젠데 저런 큰 딸이 있겠어요?"

"아, 그건 그렇지. 허허, 이거 참. 워낙 엉뚱하고 느닷없는 일들이 벌어지는 바람에 내가 그만 그 생각을 하지 못했네."

무투광자는 멋쩍은 듯 얼굴을 벅벅 문지르더니 담우천을 향해 다시 물었다.

"그럼 아내도 딸도 아니면 도대체 누구란 말이오?"

담우천은 망설이지 않고 대답했다.

"조카네."

소화의 얼굴이 기묘하게 변했다. 나찰염요는 그런 소화의 표정을 놓치지 않고 지켜보았다. 무투광자는 고개를 갸웃거렸다.

"내가 아는 한, 형님에게는 가족이 없었는데."

"세월이 많은 걸 바꿨지."

담우천은 담호를 불러 제 옆자리에 앉혔다.

무투광자는 담창과 담호를 번갈아 바라보다가 그제야 담우천이 무슨 뜻으로 그런 이야기를 했는지 알겠다는 듯이 고개를 끄덕였다. 하지만 그는 곧 또 궁금하다는 표정을 지으며 입을 열었다.

"그러면 형수는 어디 계시오?"

담우천이 무심한 어조로 말했다.

"실은 그것 때문에 암화를 남겼다."

담우천은 제 품에 안겨 어리광을 부리는 담창을 소화에게 건넸다. 그녀는 마치 엄마처럼 스스럼없이 담창을 안아 들며 장난을 받아들였다.

무투광자는 물론 나찰염요도 호기심 가득한 얼굴로 그 광경을 지켜보면서 담우천의 다음 이야기를 기다리고 있었다. 담우천은 술잔을 비운 후 천천히 입을 열었다.

## 3. 이매망량(魑魅魍魎)

담우천의 이야기가 끝나고 무투광자와 나찰염요가 아무 말 없이 술잔을 기울일 때였다.

덜컹! 요란한 소리와 함께 문이 열리며 두 명의 사내가 구르듯이 객잔 안으로 뛰어 들어왔다.

"형님!"

"행수(行帥)!"

두 사람은 담우천을 보자마자 앞 다투어 소리치며 단숨에 대청을 가로질러 달려왔다. 그들을 본 담우천의 얼굴에 희미한 웃음기가 스며들었다.

"여전하구나. 천풍, 망량."

무투광자와 비슷한 연배의 중년인들은 눈물까지 글썽이며 허리를 숙였다.

"정말 오래간만에 뵙습니다, 형님. 여전히 건강해 보이시는군요."

"살아 계실 줄 알았습니다. 이렇게 다시 만나게 될 날이 올 줄 믿고 있었습니다, 행수."

무투광자가 쳇, 하며 핀잔을 주었다.

"정말 눈물 많은 종자들이라니까."

중년인들이 눈물을 흘리면서 무투광자를 쏘아보았다.

주름살이 연륜처럼 새겨진 얼굴, 수염과 머리카락은 어느새 반백이 된 중년 사내들이 마치 꼬마들처럼 울면서 눈을 흘기고 있는 것이다. 그 모습이 하도 기묘해서 담창이 저도 모르게 쿡쿡 하면서 웃음을 흘렸다.

중년인들은 그제야 담창을 발견한 듯, 그리고 담우천의 옆자리에 앉아 있는 소화와 담호를 본 것처럼 눈을 크게 뜨며 탄성을 지르듯 말했다.

"이런이런! 가족들이십니까?"

"자제분들하고 형수님이시겠군요. 이것 참, 초면에 못난 꼴을 보여 드렸습니다."

그들은 무투광자와 똑같은 오해를 하며 인사했다. 소화는 여지없이 난감하면서도 기쁜, 또 한편으로는 우울해 보이는 표정을 지었다. 무투광자가 낄낄거리며 말했다.

"역시 바보들이라니까. 생각해 봐라, 저 소저와 큰아들의 나이 차가 얼마나 되는지."

잠자코 있던 나찰염요가 혼잣말처럼 중얼거렸다.

"결국 오라버니도 바보였다는 거네."

두 명의 중년인이 합세하자 장내는 마치 장터가 선 것처럼 시끌벅적해졌다.

담우천은 입가에 희미한 미소를 머금고 그들의 대화를 지켜보았다.

십여 년 전, 그들은 언제나 이런 식으로 웃고 떠들고 다투

고 싸웠다. 그렇지만 그들의 동료애만큼은 그 어떤 조직보다
도 강하고 끈끈했다. 언제나 자신의 등을 내줄 수 있을 정도
로 믿고 신뢰하는 자들.

그들이야말로 담우천과 더불어 '사선을 밟고 걸어가는 동
료들'이었던 것이다.

＊　　　＊　　　＊

사람들은 그 두 사람을 가리켜 이매망량(魑魅魍魎)이라고
불렀다. 그들의 별호에서 각각 두 글자를 따서 붙인 이름이기
도 하거니와 무엇보다 그들이 하는 짓이나 성격, 무공 등등이
꼭 이매망량 같았기 때문이었다.

키가 크고 후덕한 체구의 근엄한 눈빛을 가진 중년인. 그의
별호는 만월망량(滿月魍魎)이었다.

망량은 도깨비, 요괴. 보름달 환한 한밤중이라면 그를 이길
자는 아무도 없었다.

밤은 그의 것이었고 달빛은 그의 정기였다.

그는 도깨비처럼 혹은 요괴처럼 상대를 현혹시키고 정신
을 어지럽게 만들기를 좋아했다. 사람을 놀리기 좋아하는 도
깨비처럼, 그는 언제나 적을 희롱하듯 데리고 놀다가 죽이는
취미를 지녔다.

반면 적당한 키에 적당한 체구, 나름대로 근사하게 생긴 얼

굴의 사내는 이매청풍(魑魅淸風)이라는 별호로 불렸다.

이매 역시 도깨비, 요괴. 그가 움직이면 한 가닥 맑고 시원한 바람이 분다.

도깨비처럼 표홀하며 요괴처럼 종잡을 수 없는 가운데 자신을 향해 불어오는 한 가닥 바람이 느껴진다면, 그게 바로 이매청풍이 다가왔다는 뜻이 된다.

정신까지 상쾌해지는 그 바람이야말로 이매청풍의 살수. 그 바람이 지나가면 목숨 하나가 낙엽 한 장처럼 떨어지게 되는 것이다.

또한 이매청풍은 아주 뛰어난 풍류공자로, 젊었을 적에는 단 하루도 혼자서 잠을 잔 적이 없었다. 그리고 동료 중에서 유일하게 나찰염요와 하룻밤을 보낸 자이기도 했다.

당시 이매청풍은 수백 명의 여인과 정사를 나눴지만 그녀만큼 환락과 쾌락의 절정을 느끼게 해주는 여인은 없었다고 말했다. 반면 혹시나 하는 마음으로 그와 잠자리를 가진 나찰염요는 '역시 가족과는 몸을 섞는 게 아냐'라는 말로 소감을 대신했다.


무투광자.
나찰염요.
만월망량.
이매청풍.

그들이 바로 담우천과 더불어, 동료들과 상부 조직의 배신 속에서도 끝까지 살아남았던 네 명의 동료였던 것이다. 또한 정사대전 당시 천하를 공포에 떨게 만들었던 사선행자(死線行子) 중 마지막 생존자들이기도 했다.

## 4. 세상에서 가장 어렵고 감당하기 힘든 일

날은 어느새 저물고 있었다.

허름하고 싸구려 요리와 술만 팔았지만 또 그런 맛에 즐겨 찾는 사람들도 많은 까닭에, 해가 떨어지면서 황주객잔의 대청에는 누추한 차림새의 손님들로 가득 찼다.

지독한 술 냄새와 고약한 기름 냄새가 뒤범벅되어 장내의 공기를 혼탁하게 만들었다. 그리고 손님들의 고함 소리와 술주정이 천장까지 들썩거리게 되자, 더 이상 아이들과 함께 있을 여건이 아니었다.

결국 소화는 담호와 담창을 데리고 이 층으로 올라갔다. 술에 취한 몇몇 사내는 벌겋게 달아오른 눈빛으로 그녀의 뒷모습을 음흉하게 바라보고 있었다. 그리고 대부분의 사내는 나찰염요를 힐끗거리거나 음탕한 눈길로 그녀의 굴곡진 몸매를 감상하느라 여념이 없었다.

나찰염요는 외려 그러한 시선들을 즐기는 듯, 가끔씩 풍성한 머리카락을 쓸어 올려 솜털 뽀송뽀송한 뒷덜미를 보여주거나 혹은 다리를 번갈아가며 꼬면서 갈라진 치맛자락 사이로 흐벅진 허벅지와 속살 뽀얀 종아리를 보여주기도 했다. 그때마다 사방에서 침 넘어가는 소리가 요란하게 들려왔다.

무투광자는 쓴웃음을 참으며 말했다.

"그러니까 결론을 말하자면 형수가 지금 은매당 놈들에게 납치당했는데 은매당주는 죽은 상황, 그리고 형수는 야시 사람들에게 팔렸다 이거구려."

담우천이 덤덤한 얼굴로 말했다.

"그래. 간단하게 말하면 그렇지."

"흠, 야시라면… 조금 일이 복잡하게 되었군요."

언제나 활달한 표정이었던 이매청풍조차 신중한 얼굴로 말했다.

"요즘 최고의 성가를 구가하는 태극천맹조차 그들과 엮이기를 원하지 않을 정도로 야시 놈들은 강하고 또 신비롭습니다. 아무리 형님이라 하더라도……."

"그게 무슨 소리야?"

만월망량이 타박을 놓았다.

"행수가 두려워할 사람이나 조직이 어디 있다구! 예나 지금이나 행수는 천하제일인이야. 그 누구도 행수와 싸워 이길수 없어."

"농담이 지나치다."

담우천의 말에 만월망량은 억울하다는 듯이 항변했다.

"뭐가 농담입니까? 행수의 무극섬사에 의해 금강철마존이 중상을 입고 도망쳤습니다. 또 형성파 장문인이 행수의 수라천강비(修羅天罡飛)에 절명했습니다. 그런데 행수가 천하제일인이 아니라면 또 어느 누가 있어서……."

"금강철마존이야 당시 우리 일곱 명이 협공하고 있었으니까 아무래도 수적 열세를 느끼고 도망칠 수밖에. 그때 형님이 놈을 죽이지 못했다는 것은 그만큼 그가 강하다는 걸 의미하지. 만약 형님과 놈이 일대일로 붙었다면……."

무투광자의 말에 이매청풍이 고개를 끄덕이며 동의했다.

"광자의 말에 뼈가 있기는 하지만 어쨌든 형님이 천하제일인은 아니지. 형성파 장문인이야 실력보다는 정치로 장문직에 오른 늙은이였을 뿐이고."

자신의 말이 여러 사람에게 반박당하자 만월망량은 동의를 구하려는 듯 나찰염요를 돌아보았다.

하지만 그녀는 아무런 말 없이 촉촉한 눈빛으로 그저 담우천만을 쳐다보고 있었다. 마치 그녀의 주위에는 오로지 담우천만이 있는 것 같았다.

"쳇, 그래. 천하제일인자라는 말은 취소하지. 하지만 그래도 천하제십인자는……."

"그게 중요한 게 아니다."

담우천은 만월망량의 말을 잘랐다.

"중요한 건 내 아내를 구출하는 것이다. 그리고 그녀를 구하기 위해서는 야시와 부딪쳐야 한다는 건데……. 지금 내가 알고 있는 정보는 오직 하나, 미후라는 자가 아내를 사 갔다는 것뿐이다."

그의 말에 좌중은 다시 입을 다물었다. 다들 뭔가 골똘히 생각하는 가운데 무투광자가 헛기침을 하며 입을 열었다.

"만약 우리에게 도움을 청하는 거라면, 야시와 한바탕 싸우자고 부탁하는 거라면 당연히 거절하겠소."

이매망량이 펄쩍 뛰었다.

"그게 무슨 소리야, 형님에게?"

"광자! 너무하는 것 아닌가?"

"자네들은 좀 닥치고 앉아 있게."

무투광자는 귀찮다는 투로 고개를 흔들며 말했다.

"이미 싸움에서는 은퇴한 몸이오. 지난 십여 년 동안 내 몸은 장사꾼 체질로 변했소. 이제 와 다른 이들과 목숨을 걸고 싸운다? 그걸 할 수 있지도, 할 능력도 안 되오."

이매망량이 다시 입을 열려고 하자 무투광자가 빠르게 그들을 가리키며 말을 이었다.

"이매망량 이 녀석들도 마찬가지요. 청풍은 지금 아이들을 가르치는 훈장이오. 그리고 망량은 옛 화폭이나 서책을 팔고 사는 고서방(古書房)의 주인이오. 그뿐이오? 아까 염요가 직접 말했듯이 그녀 또한 이제는 한갓 늙어가는 건과에 불과하오."

"말이 심해요, 오라버니. 늙어간다니요."

"아, 미안미안. 말이 헛나왔네. 허험, 어쨌든 지난 십여 년 동안 우리는 먹고 살아가는 일에만 집중했소. 야시는커녕 강호무림이라는 동네조차 우리와는 관계가 없단 말이오."

무투광자의 말에 이매망량조차 입을 열지 못했다.

맞는 말이다. 옳은 말이다. 비록 십여 년 만에 행수 담우천을 만나 의기가 솟구치고 옛날의 호기가 떠오르기는 했지만, 어디까지나 옛날의 호기에 불과했다.

세월은 흘렀고 그들은 이미 잊힌 존재가 되었다. 십 년이라는 세월은 강산도 변하게 만든다. 그 긴 시간 동안 칼을 놓고 사람을 죽이지 않았으니 몸도 마음도 녹슨 것처럼 무뎌질 수밖에 없었다.

지금에 와서 예전처럼 독랄하고 무정하게 사람을 죽이는 일은 결코 할 수 없을 것이다. 하물며 저 어둠의 지배자, 밤의 제황이라 불리는 야시와 맞서 싸운다는 건 상상조차 하기 힘든 일이었다.

이매망량은 서로 눈치를 보다가 쭈뼛거리며 입을 열었다.

"아무리 그래도 너무 심하게 말을 한다, 광자."

"그래. 우리가 남이 아니잖나? 게다가 그동안 놀고먹기만 한 것도……."

"아니, 광자 말이 맞다."

담우천은 차분하게 말했다. 이매망량들은 입을 다물고 그를 바라보았다. 담우천은 당연하다는 듯이 말을 이었다.

"반년이라도 강호를 떠나 있다 보면 녹이 스는 건 당연하지. 하물며 십여 년이라면 더더욱 그러할 테고. 그래서 나와 함께 싸우자는 부탁을 할 생각도 없다. 나 역시 야시와 정면으로 부딪칠 생각은 전혀 없으니까."

무투광자의 눈에 의혹이 어렸다.

"그렇다면 왜 우리에게 암화를?"

"물론 부탁할 게 있기 때문이지."

담우천은 한때 자신의 수족과도 같았던 수하들, 아니, 네 명의 동료의 얼굴을 일일이 둘러보며 말했다.

"내가 기억하기로는 야시는 일 년에 네 번, 봄, 여름, 가을, 겨울의 계절이 시작되는 시기에 전국 각지 열두 곳에서 동시에 열렸다가 닷새에서 열흘이 지나면 장을 거두고 자취를 감춘다고 했네. 그 시기와 장소를 알 수 있는 방법은 오직 하나, 야시의 주관자가 보내오는 연락뿐이고."

거기까지 말한 담우천은 다시 동료들의 얼굴을 바라보았다. 그의 시선에 부딪친 누군가가 움찔거리는 표정을 애써 감추는 게 보였다. 담우천은 그를 바라보며 말을 이었다.

"야시의 연락은 아무나 못 받지. 야시의 손님이라는 증표가 있어야만 받을 수가 있으니까. 그게 아마 반지였던가, 그렇지? 내가 부탁하는 건 그거다. 누구든 야시와 연이 닿아 있다면 나를 그곳으로 데리고 가 달라는."

"허험."

무투광자는 담우천의 집요한 시선을 외면하며 헛기침을 했다. 그리고는 어깨를 으쓱거리며 말문을 열었다.

"내가 가지고 있소. 장사를 하는 입장에서 야시는 꽤나 매력적인 상대니까, 장사꾼들이라면 누구나 그들과 교류를 하기 원하고……. 나 역시 꽤 오랫동안 공을 들여 반지를 얻을 수 있었소."

담우천은 고개를 끄덕였다.

"그럴 것 같았다. 내가 원하는 건 바로 그 반지였네. 야시의 초대를 받고 그곳에 입장할 수 있는 증표."

무투광자는 난색을 보였다.

"하, 하지만 형님이 이 반지를 가지고 들어가셔서 난리를 피우신다면 그 피해는 고스란히 내게 온다는 것도 아시지 않소? 장사는 물론이고 내 목숨까지……."

"정말 쪼잔해졌군요, 광자 오라버니."

나찰염요의 말에 무투광자는 자라목이 되었다. 나찰염요는 품에 손을 넣어 거리낌 없이 젖무덤을 매만졌다.

지금껏 계속해서 그녀의 일거수일투족을 훔쳐보던 손님들의 눈이 시뻘겋게 달아올랐다. 그러거나 말거나 그녀는 젖가리개 속에 숨겨둔 반지 하나를 꺼내 탁자 위에 올려놓았다. 투명할 정도로 새하얀 백옥 반지였다. 그게 바로 야시에 출입할 수 있는 증표의 반지였다.

무투광자를 비롯한 사람들이 놀란 눈빛으로 반지와 나찰염요를 번갈아 바라보았다. 오직 담우천만이 무심한 눈빛으로 그녀를 바라볼 따름이었다.

그녀는 당연하다는 듯이 말했다.

"괜찮은 아이들의 수급이 원활하게 이뤄져야 청루를 찾는 손님들이 끊어지지 않거든요. 빚에 넘어오거나 자발적으로 찾아오는 아이들은 품질이 떨어져요. 얼굴이 못생겼거나 몸매가 형편없거나 혹은 인성이 흉악하거나."

무투광자가 중얼거렸다.

"그렇기는 하지. 그런 계집들에게 돈을 쓸 바에는 차라리 마누라와 뒹구는 게 나을 테니까."

"그래요. 그래서 품질 좋은 아이들이 필요하죠. 또 그리고 야시에는 그런 아이들이 가끔씩 나오니까요."

그녀의 말에 무투광자가 동의했다.

"확실히 그렇지. 나도 야시에서 괜찮은 계집종을 산 적이 몇 번 있으니까. 아, 그런 눈으로 나를 보지 마시오. 어디까지나 계집종으로 산 거지 첩으로 산 건 아니니까 말이오."

담우천은 아무런 말을 하지 않았다.

알고 보니 인신매매는 광범위하게 이뤄지고 있었다. 매음(賣淫)은 물론이고 청루, 객잔, 일반 가정집, 상가 할 것 없이 거의 모든 사람이 인신매매를 하고 있다고 해도 과언이 아니었다.

나찰염요가 말했다.

"안 그래도 이번 야시에 초대를 받았어요. 이번 달 스무 날에 야시가 열린다구요."

담우천이 말했다.

"잘됐다. 얼추 시간이 맞아떨어지는군."

"하지만 한 가지, 대가가 잘못 알고 계신 게 있어요."

나찰염요가 다시 말했다.

"야시 사람들은 반지의 주인이 누구인지 제대로 알고 있어요. 그러니 대가께서 이 반지를 가지고 가신다 하더라도 절대 입장할 수가 없어요."

"그런가?"

담우천의 눈썹이 살짝 찌푸려졌다.

"그래요. 대신 이 반지 주인의 자격으로 한 사람을 추천하여 데리고 갈 수는 있어요. 물론 추천한 만큼 반지 주인의 책임은 엄중해요. 만약 추천받은 자가 난동을 부리거나 사달을 일으킨다면 그 책임을 물어 추천인의 반지를 회수하고 피해를 보상하게 만들죠."

"정말 까다롭군, 야시라는 곳은."

청풍이 저도 모르게 중얼거렸다.

"그렇게 까다로우니까 야시라는 곳이 지난 수백 년간 이어져 내려올 수가 있었던 거겠죠."

나찰염요가 고개를 끄덕이며 말했다.

"어쨌든 그렇게 세 번 추천을 받아서 야시에 출입한 사람은 그쪽에서 새로운 반지를 전해주죠. 그렇게 야시의 손님이 늘어나는 거구요."

담우천이 망설이듯 입을 열었다.

"그렇다면……."

나찰염요가 그를 똑바로 바라보며 말했다.

"그래요. 제가 대가의 추천인이 될게요."

"괜찮나?"

"상관없어요."

그녀는 고개를 저으며 말했다.

"지난 날 대가에게 목숨의 빚을 진 게 세 번, 그러니 지금 인생은 덤으로 살아가는 거니까요. 언제든지 죽어도 아쉬울 게 없어요."

그녀의 말에 이매망량은 눈물을 글썽거렸다. 무투광자는 창밖을 바라보며 헛기침을 했다.

지금 이 자리에 모여 있는 이들치고 담우천에게 목숨의 빚이 없는 사람이 어디 있을까. 또 서로 구원의 은혜를 나누지 않은 이가 어디 있을까.

사선을 밟고 살아가는 동료들에게 있어서 생명은 자신의 것이 아닌 법이다. 죽을 뻔한 위기를 넘나들며 여태 살아남은 게 오로지 자신의 힘만으로 이뤄진 것도 아니다.

등을 내준다는 것은 그런 뜻이다. 서로의 목숨을 보호하고

빌려주고 나눠주는 것. 그게 전장을 함께 누비는 동료라는 거
다.

꽤 오랜 세월이 흘러 그 동료라는 의미가 퇴색되고 쇠락한
지금, 그래서 먹고사는 일에 집착하고 살아남는 것에 매달리
게 된 그들이었기에 나찰염요의 말은 날카로운 비수가 되어
그들의 가슴을 후벼파고 있었다.

그래서였다, 무투광자가 툴툴거리는 것은.

"그렇게 말하면 나만 나쁜 놈이 되잖은가?"

그는 습관처럼 헛기침을 하며 말을 이었다.

"좋소, 형님. 건파 말대로 나 또한 형님에게 빚이 있으니
까. 좋은 장사꾼이라면 빚을 질 줄도 알아야 하고 진 빚 제대
로 갚을 줄도 알아야 하니까. 나도 같이 가겠소."

청풍과 망량도 앞 다투어 말했다.

"우리들도 함께하겠습니다."

"아니, 그럴 필요 없다."

담우천은 고개를 저었다.

"애당초 목숨의 빚이라는 건 있지도 않다. 나도 몇 번이고
위기에서 너희의 도움을 받았으니까. 그러니 그렇게 목숨 운
운하면서 이번 일에 끼어들 필요 없지. 단지 몇 가지 부탁만
들어주면 된다."

"여전히 냉정하구려."

"유일한 내 장점이지 않느냐?"

담우천의 담담한 말에 무투광자는 한숨을 내쉬었다. 그리고는 다시 입을 열었다.

"그럼 뭘 어떻게 도와드리면 되오?"

"염요는 나를 추천해 주면 된다. 그리고 광자는 한꺼번에 열리는 열두 곳의 야시 중에서 미후라는 자가 관련된 곳을 알아봐 주게."

담우천의 부탁에 무투광자는 난감하다는 듯 머리를 긁적이며 중얼거렸다.

"야시가 열리기까지는 스무 날도 남지 않았는데……."

시간이 부족했다. 야시는 전국 각 지역에 걸쳐서 동시 다발적으로 열리고 닫는다. 스무 날 동안 그 대륙 전역에 걸친 야시를 모두 알아봐야 하는 것이다.

담우천이 침착한 어조로 말했다.

"굳이 모든 곳을 다 알아볼 필요는 없을 것이네. 정주의 은매당에서 내 아내를 사 갔으니, 아마도 그 일대에서 열리는 야시 쪽만 찾아보면 될 걸세."

무투광자는 곰곰이 생각하다가 입을 열었다.

"알겠소. 어렵기는 하지만 그래도 지난 세월 동안 쌓아둔 인맥을 활용하면 가능하지 않을까 생각되오."

그때 듣고만 있던 청풍이 답답하다는 듯이 물었다.

"그럼 우리들은요?"

"내가 야시에서 돌아올 때까지 내 아이들을 맡아다오."

"아이들이요?"

실망한 듯 중얼거리는 망량을 보며 담우천은 담담하게 말했다.

"마침 청풍은 학당의 훈장, 망량은 고서방의 주인이니 아이들에게 제대로 글을 가르쳐 주면 될 것 같은데. 부탁한다."

정중한 그의 말에 청풍과 망량은 서로를 돌아보고는 어깨를 으쓱거렸다.

"그렇게 하겠습니다."

"사실 제가 아이들을 잘 다루기는 합니다."

"고맙다. 그럼 잠시만……."

담우천이 자리에서 일어났다.

"어디 가시게요?"

청풍이 묻자 담우천의 표정이 오래간만에 변했다. 그는 세상에서 가장 어렵고 감당하기 힘든 일을 하러 가는 것 같은 얼굴로 대답했다.

"아이들을 설득하러."

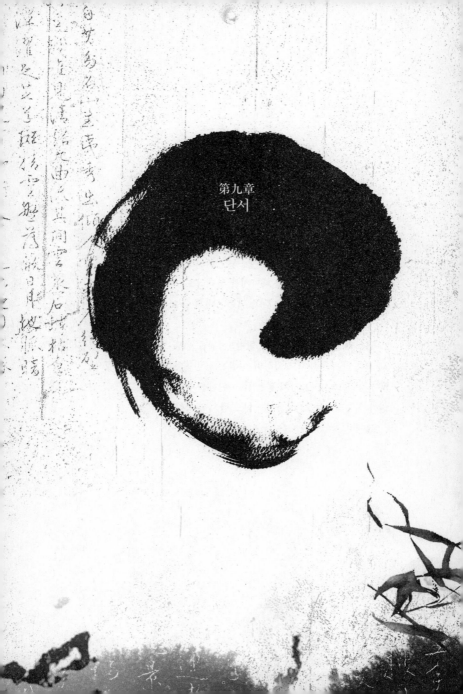

第九章
단서

그렇게 여인을 유혹할 때까지만 하더라도 그녀는 부끄러운 듯, 혹은 무섭다는 듯이 침상 한쪽 귀퉁이에 몸을 쪼그리고 앉아 있었다.

　　하지만 그가 갖은 설득과 협박, 위협을 통해 그녀의 옷을 벗기고 그녀를 애무하기 시작하자 상황은 급반전했다. 숨넘어가듯 할딱거리던 그녀가 갑자기 몸을 돌려 원화를 눕혔다. 그리고 조금 전 원화가 그러했듯 그의 전신을 훑고 빨기 시작한 것이다.

　　그게 시작이었다.

1. 단서 一

　백옥 반지를 소유한 모든 이에게 그 해의 첫 번째 야시는
삼월 스무 날, 칠 개 성에서 동시에 열린다는 초대장이 전해
졌다.

　산서성의 삭주와 하현, 하남성의 무강과 천중산, 절강성의
항주와 온주, 귀주성의 여평과 금사, 호광의 형문산과 영주,
그리고 섬서성과 광동성에 한 곳씩. 모두 열두 곳의 야시가
성과 성이 이웃한 경계 지역에서 열리기 때문에, 대륙 어디에
있든 보름 내로 어느 한 곳의 야시에 들를 수가 있었다.

　담우천과 헤어진 후 무투광자는 곧장 무한의 상가연합회
를 찾았다. 상가연합회는 그 지역을 대표하는 상가 주인들의

친목 단체이자 또한 타 지역의 상권에 대항하고 견제하는 세력이기도 했다.

무투광자는 담우천에게 자신을 소개한 것보다 훨씬 큰 장사꾼이었고, 무한 상가연합회는 그런 무투광자를 괄시하지 않았다. 상가연합회의 회주가 직접 그를 만나러 나왔고 또한 멀리 항주에서 찾아온 거상을 위해 연회까지 베풀었다.

그 연회에는 무한의 상권을 좌지우지하는 거물들이 모두 나와 무투광자와 안면을 쌓았다. 물론 개중에는 오래전부터 무투광자와 거래하던 자들도 있었다.

무투광자는 특유의 넉살과 입담으로 금세 좌중과 친해졌다. 또한 항주에서 대여섯 개의 커다란 포목점을 운영한다는 이유로 몇몇 이와는 이내 형, 아우 할 정도로 가까워졌다.

그렇게 화기애애한 분위기 속에서 그는 그 자리에서 실수인 척 백옥 반지를 떨어뜨렸고, 또 당황한 듯 황급히 반지를 주워 품에 넣었다.

눈썰미가 좋지 않으면 제대로 된 장사꾼이 되기 힘든 법, 그 자리에 모인 상인 대부분 딴청을 피우면서도 무투광자의 행동을 놓치지 않고 지켜보았다.

연회가 한창일 무렵, 무투광자는 잠시 바람을 쐬겠다며 연회장을 빠져나왔다. 회랑에서 이어진 누대로 걸어나온 그는 난간을 잡고 밤바람을 쐬었다.

누군가 등 뒤로 다가서는 기척이 느껴졌다. 무투광자의 얼굴에 회심의 미소가 스며들었다.

무투광자는 술에 취한 듯 비틀거리며 난간 밖으로 고꾸라지려 했다. 다가오던 자가 깜짝 놀라며 그를 잡아당기며 부축했다. 무투광자는 그제야 자세를 바로잡고 돌아보았다.

황 대인이라고 소개받은, 무한 일대에서 포목점 몇 곳을 운영하는 거물이었다. 또한 같은 직종에 종사한다는 점과 나이와 체구가 얼추 비슷하다는 이유로 금세 친해져서 무투광자와 형, 아우 하게 된 자이기도 했다.

"아이구, 고맙소."

무투광자는 자신을 부축해 준 황 대인에게 진심으로 고마워했다. 황 대인은 껄껄 웃으며 말했다.

"술이 생각보다 약하십니다."

"하하. 사람들이 늘 오해합디다. 이 우형(愚兄)의 덩치를 보고 술 한 말 정도는 가볍게 마시겠다구요. 어쨌든 도와주시지 않았더라면 큰일 날 뻔했소이다. 정말 고맙소, 황 아우님."

"별말씀을. 뭐, 이걸 인연으로 꽉 형님과 더 친해질 수 있다면야 오히려 노제(老弟)의 행운이라고 할 수 있죠."

"하하, 말씀도 잘하십니다."

두 사람은 웃으며 잠시 환담을 나눴다. 화젯거리는 무궁무진했다.

경제부터 시작하여 올해 잘 팔릴 상품이나 잘 나가는 상가,

상인들에 대한 이야기는 물론 종업원들과 계집종들에 대한 시시콜콜한 잡담까지, 그들은 마치 오래된 동료처럼 많은 이야기를 주고받았다.

그렇게 한참 동안 대화를 나누다가 황 대인이 문득 무투광자의 눈치를 살피며 화제를 돌렸다.

"그런데 아까 그 반지 말입니다."

무투광자는 깜짝 놀라며 더듬거렸다.

"아, 그, 그걸 보셨소? 별거 아닙니다. 예전 정인이 끼고 있던 반지라……."

"허허, 변명하지 않으셔도 됩니다. 노제도 마침 그 반지를 가지고 있으니까요."

황 대인은 품속에서 반지를 꺼내 들었다. 무투광자의 그것과 똑같이 생긴 백옥 반지였다.

'역시!'

무투광자는 내심 환호성을 질렀다.

역시 이곳을 찾은 보람이 있었다. 무한의 상가 연합회 사람들이라면 그중 몇 명은 자신처럼 야시를 출입할 테고, 또 그중 오지랖 넓은 한두 명은 자신이 내보인 반지에 흥미를 가지고 접근해 올 거라는 그의 예측이 정확하게 맞아떨어진 것이다.

하지만 무투광자는 겉으로는 전혀 생각지도 못했다는 듯이 깜짝 놀라며 물었다.

"아니, 그럼 아우님도 그곳 손님이셨소?"

원래 야시에서 물건을 사고파는 일은 불법 중의 불법이기에 그곳과 관련된 그 누구도 함부로 입 밖에 내지 않았다. 그런 까닭에 어느 누가 반지를 가졌는지, 또 어떤 자가 야시와 연관이 있는지 아무도 알지 못했다.

"허허, 노제도 형님이 반지를 떨어뜨리는 걸 보고 깜짝 놀랐습니다. 야시가 아닌 곳에서 그런 증표를 가진 사람을 본 건 처음이었거든요."

무투광자는 난감해하며 말했다.

"우형이 커다란 실수를 했소. 이 반지를 받을 때, 절대로 타인 앞에 드러내지 말라는 경고도 함께 받았다는 걸 깜빡 잊고 있었소. 만약 야시의 사람들이 알게 된다면……."

그는 몸을 부르르 떨면서 부탁하듯 말했다.

"그러니 아우님께서는 부디 눈감아주시기를 바라오."

황 대인이 눈을 동그랗게 떴다.

"이런, 그렇다면 노제 또한 문책을 받을 겁니다. 이렇게 형님 앞에서 직접 반지를 꺼내 보였으니까 말입니다."

"하하, 그렇게 되나요? 그럼 우리는 이제부터 공범입니다. 다른 이들에게 들키면 안 되는……."

"뭐, 다른 이들이라고 해봤자 야시의 주관자들에게만 걸리지 않으면 되니까요."

"하지만 어느 누가 야시의 주관자인지 어찌 알겠소?"

"그렇기는 합니다만……. 적어도 이 무한 일대의 주관자가 이곳에 없는 건 확실합니다."

"호오, 그건 또 어찌 아십니까?'

무투광자의 질문에 황 대인은 머뭇거렸다. 무투광자는 은 근한 어조로 말을 이었다.

"이제 우리는 한 형제나 다름없는데 굳이 숨길 게 어디 있 소이까? 아니, 정 난처하시다면 말씀하지 않으셔도 됩니다. 야시 사람들 이야기 함부로 하기에는 좀 무서워야죠."

"무서운 건 아니고… 께름칙하기는 하죠. 언제 그들의 경 고장이 날아올지 모르니까요."

황 대인은 한숨을 쉬며 말했다.

"예전에 한 번 경고장을 받은 적이 있거든요. 포목과 관련 된 물품을 취급하는 상인들의 친목회 자리였는데 그 자리에 서 술에 취한 노제가 야시에 대해서 떠들었나 봅니다."

'역시 오지랖 넓고 입이 싼 친구로군. 아무리 술에 취했다 고는 하지만 함부로 야시 운운 하면서 입을 놀리다니.'

무투광자가 내심 비웃는 동안에도 황 대인은 계속해서 입 을 놀리고 있었다.

"그런데 아침에 일어나 보니까 오을(午乙)이라는 이름이 적힌 경고장이 머리맡에 떡하니 놓여 있지 뭡니까? 정말 심장 멈추는 줄 알았습니다."

'오을이라…….'

무투광자는 눈빛을 빛내며 그의 이야기를 듣다가 문득 깨달았다는 듯이 말했다.

"그렇다면 그 자리에 있던 사람 중 한 명이 오을이라는 자였나 보구려."

"노제 역시 그리 생각했죠. 그래서 당시 모였던 다섯 명에 대해서는 늘 조심했더랬습니다."

"호오, 조심만 하셨습니까? 아니면 뭔가 조사라도……."

"설마요. 노제 목숨은 달랑 하나뿐입니다. 괜히 오지랖 부리다가 죽을 일 있습니까?"

무슨 소리냐. 괜한 오지랖은 다 떨면서.

"하하, 그야 그렇죠."

"어쨌든 오늘 자리에는 그 다섯 명 중 한 명도 없습니다. 그러니 조금은 안심하셔도 될 겁니다."

"흠, 하지만 또 다른 하수인이 있을지도 모르지 않소이까?"

"그럴 리는 없을 것입니다. 적어도 오늘 모인 이들은 당시 다섯 명에 비해서 그 못지않은 신분을 지녔거나 훨씬 거물들입니다. 설마 이 지역 관장자인 오을의 수하가 그보다 높은 신분일 가능성은 거의 없을 겁니다."

"흠, 한데 오을이라는 자가 이 지역의 관장자라는 건 또 어찌 아시오?"

무투광자의 질문에 황 대인은 조금은 놀랐다는 듯이 눈을 뜨며 되물었다.

"어라? 아직 모르고 계셨습니까?"

무투광자가 되물었다.

"뭘 모른다는 말이오?"

"야시는 열두 곳에서 한꺼번에 열리지 않습니까?"

"그렇게 알고 있소이다만."

"그 열두 곳의 주관자 또한 열두 명이죠. 그들은 십이지(十二支)를 통해 각자 별호를 만듭니다. 즉, 오을은 십이지의 일곱 번째, 말[午]을 의미합니다."

아하.

그제야 무투광자는 담우천이 이야기했던 미후가 무슨 의미인지 알 수 있었다.

'그렇다면 미후는 십이지 중 여덟 번째, 양[未]을 뜻하는 거로구나.'

십이지는 열두 동물, 자축인묘진사오미신유술해(子丑寅卯辰巳午未申酉戌亥)를 뜻했다. 야시의 열두 곳을 관장하는 주재자들이 그 동물 이름으로 별호를 삼는다는 건 꽤나 중요한 정보였다.

무투광자는 잠시 생각하다가 입을 열었다.

"혹시 미후라고 들어보셨소?"

"아니, 처음 들어봅니다."

황 대인은 머쓱한 표정을 지으며 말했다.

"노제가 다른 지역을 관장하는 자들의 별호까지 어찌 알겠습니까?"

"그건 그렇구려."

"한데 미후라는 별호는 어떻게 아십니까?"

"아, 그게……"

무투광자가 허둥댈 때였다. 회랑 안쪽에서 그들을 부르는 소리가 들려왔다.

"아니, 바람 쐬러 가신다는 분들이 여태 안 오시고 뭐합니까?"

무투광자는 잘되었다는 듯이 황 대인의 어깨를 두드리며 말했다.

"사람들이 기다리는구려, 얼른 들어갑시다."


2. 단서 二


단순하게만 이야기하자면 포단(布段), 혹은 포목점(布木店)으로 불리는 가게는 베나 무명 따위의 옷감을 파는 곳이다.

하지만 객잔도 하급, 중급, 상급 등 여러 객잔이 있듯 포목점 또한 그렇다. 귀족이나 명문대가들이 즐겨 찾는 포목점이 있는가 하면 일반 백성들이 주로 찾는 포목점이 있다. 일부 지역에서는 포단이라는 용어는 전자를, 포목점은 후자를 가리키기도 한다.

포목점으로 옷감이 들어오기까지는 꽤 많은 종류의 작업이 연계되는데, 간략하게 설명하면 다음과 같다.

목화를 가꿔서 무명실을 뽑고 베틀에서 옷감을 짜면 무명이 되고, 누에를 쳐서 고치에서 비단실을 뽑고 다시 베틀에서 옷감을 짜면 비단이 된다. 삼베나 모시도 비슷한 과정을 거쳐서 옷감으로 나온다.

포목점에서는 그 옷감들을 팔기도 하고 또 옷감들을 재단하고 염색하여 완성된 의복들을 옷가게에 넘기기도 한다. 일반 포목점에서는 염색도 같이 하지만 고급 포단에서는 따로 전문적으로 염색을 하는 곳과 연계하여 옷감을 만든다.

옷 염색은 간단할 수도, 복잡하고 까다로울 수도 있어서 누구나 방법만 알면 쉽게 염색할 수도 있었지만 그렇다고 해서 아무나 제대로 된 색을 낼 수는 없었다. 그런 까닭에 일반 평민들이 입고 다니는 옷과 명문대가의 옷의 색깔은 그 색상의 밝기 명료함이 현저하게 차이가 나는 법이다.

그런 의미에서 원영염방(元永染坊)은 무한 일대에서 가장 고급스럽고 화려한 색을 만들어내는 염색 작업장이었고, 또 가장 많은 포단과 거래하는 곳이기도 했다.

그 원영염방의 주인인 원화(元華)의 염색 안료 다루는 솜씨는 가히 천하제일이라고 할 수 있을 정도로 뛰어나, 북경부에서도 포단 사람들이 찾아와 주문을 하기도 했다.

원영염방의 천여 평이 넘는 마당에는 거미줄처럼 줄이 빽

빽하게 쳐져 있고 그 줄마다 염색한 옷감들이 잔뜩 널려 있었다. 한쪽으로는 염색 안료들이 담겨 있는 수십 개의 통이 늘어서 있고 그곳에서는 백여 명의 남녀 인부가 쉬지 않고 옷감과 염색물을 다루고 있었다.

그 인부 사이로 오십대 초반의 건장한 체격을 한 사내가 우뚝 서서 진두지휘를 하고 있었는데, 바로 그가 이 거대한 염방의 주인인 원화였다.

염색용 안료가 옷과 팔, 다리, 머리카락과 얼굴까지 묻어서 울긋불긋하게 물든 그는 인부들의 귀청이 떨어질 정도로 크게 소리치고 있었다.

"몇 번이나 말해야 하나? 그렇게 마구 뒤섞으면 나중에 색깔이 퍼져 보인다니까. 명료하고 깨끗한 색이 나오려면 거품이 일어서는 안 된다구!"

"이런! 도대체 여기서 몇 년을 일했는데 아직도 그 모양이야? 세 번 담갔다가 한 번 행궈야지, 왜 그렇게 담갔다 뺄 때마다 행구는 건데?"

그가 이른 아침부터 고함을 치는 건 당연한 일이었다. 오늘까지 끝내야 할 옷감이 천오백 개. 하루 종일 쉬지 않고 일해야—그것도 불량품이 전혀 나오지 않는다는 가정하에—겨우 맞출 수 있는 분량이었다. 그런데 벌써 일곱 개의 옷감을 망친 것이다.

"이것 참, 난감하군그래. 일 제대로 처리한답시고 하루 늦게 갈 수도 없는 노릇이고……. 그렇다고 모른 척 떠나기에는 내 자존심이 걸린 문제인데."

원화는 머리를 긁적이며 한숨을 내쉬었다.

염색업은 그의 조부 때부터 내려온 가업이었다. 그의 조부는 젊은 시절 조그만 염색 공방에서 일을 하다가 독립, 자신의 이름을 따서 원영염방을 세웠고 이후 무한은 물론 호광 일대에서 으뜸가는 염색 공방으로 성장하게 되었다.

원화가 선친을 대신하여 원영염방의 책임을 맡은 지도 벌써 삼십여 년이 흘렀다. 그동안 고객으로부터 단 한 번의 불만을 받지 않았다는 게 그의 자랑이었다.

하지만 아무래도 이번에 문제가 생길 것 같았다. 원래 그는 내일부터 염방을 떠나 보름여 동안 자리를 비워야 했다. 그래서 오늘까지 보름여 치의 작업을 끝낼 예정으로 급하게 인부들을 섭외했는데 그게 실수였다. 다른 염방에서 염색 일을 한 자들의 솜씨가 생각만큼 뛰어나지 않은 것이다.

"흠, 어떻게 한다."

원화는 염색 안료로 인해 알록달록해진 손가락으로 턱을 쓱쓱 매만졌다.

사실 지금 당장은 고민하고 있지만 결론은 이미 나 있는 상태였다. 무슨 일이 있더라도 내일 출발해야만 했다. 물론 자신이 없더라도 형문산의 상황은 척척 진행될 터이지만 그래도 관리자인 그가 자리를 비울 수는 없는 노릇이었다.

"젠장, 어쩔 도리 없지. 하는 데까지 할 수밖에."

그는 투덜거리며 다시 인부들을 독려했다. 동시에 그는 재빠른 솜씨로 옷감을 안료에 넣고 흔들기 시작했다.

＊　　　＊　　　＊

"손놀림이 예사롭지 않군, 확실히."

원영염방에서 약 이백여 장 떨어진 오층 객잔의 지붕 위에는 두 명의 사내가 우뚝 서 있었다. 그들은 눈을 가느스름하게 뜬 채 저 멀리 내려다보이는 원영염방의 넓은 마당을 주시하고 있었다.

체구가 건장하다 못해 뚱뚱해 보이기까지 한 중년인이 말했다.

"지난 닷새 동안 황 대인과 함께 술자리를 했던 친목회 사람 중 다른 네 명을 모두 살펴보았지만 별 특이한 점은 발견하지 못했소. 그러니 저 원화라는 자가 오을인 게 분명하오."

평범한 촌부처럼 생긴 사내가 고개를 끄덕였다.

"가능성이 높다. 저 유연하면서도 날렵한 손놀림과 어떠한 상황에서도 균형을 잃지 않는 자세를 보면 확실히 무공을 익힌 자가 분명하다. 그것도 일개 염방 주인이 익히기에는 상당히 강한 무공을."

"그럼 곧바로 쳐들어갈까요? 먼저 놈을 한 대 후려치고 캐

묻는 게…….”

중년인의 말에 촌부는 고개를 돌려 그를 바라보았다. 중년
인이 머쓱한 표정을 지었다. 촌부가 희미하게 웃으며 말했다.

“무투광자라는 별호가 죽지 않았군그래.”

중년인, 무투광자는 헛기침을 하며 말했다.

“성질 급한 거야 어디로 가겠수?”

“그래, 급한 건 아는구나.”

촌부, 담우천은 차분하게 말하며 다시 원영염방의 마당 쪽
으로 시선을 돌렸다.

“물론 그 방법이 가장 간단하고 쉽겠지. 하지만 괜히 타초
경사(打草驚蛇)할 필요가 어디 있을까. 자칫 야시와 전면전을
벌일 위험도 있고.”

“그렇다면 형님의 생각은?”

담우천은 여전히 차분한 어조로 대답했다.

“염요가 알아서 잘할 것이다.”


3. 단서 三


해가 질 무렵, 원화는 처음으로 허리를 펴고 하늘을 바라보
았다. 끝없이 인부들을 닦달하고 독려한 덕분이었을까. 아니
면 한시도 쉬지 않고 일을 했기 때문이었을까. 오늘 내로 얼
추 목표량이 맞춰질 것 같았다.

서편 하늘이 붉게 물들어가는 광경이 마치 염색 안료가 옷 감에 스며들어 가는 것처럼 아름답게만 느껴졌다. 지켜보고 있던 원화의 입가에 미소가 스며들었다.

'조금만 더 힘을 내볼까.'

그는 다시 일을 하기 위해 고개를 돌렸다. 그때였다. 원화 처럼 허리를 펴고 서편 하늘을 바라보고 있는 여인이 그의 눈 에 띄었다.

'이게 어디서 농땡이를 피워?'

원화의 눈이 뾰족해졌다. 그는 여인을 향해 야단을 치려고 입을 열었다. 그때 여인이 허리를 틀며 그를 돌아보았다. 원 화는 꿀 먹은 벙어리가 되었다.

수건으로 아무렇게나 머리카락을 동여매고 화장기 하나 없는 얼굴이었지만, 그 미모는 단번에 원화를 사랑에 빠지게 만들 정도로 아름다웠다. 거기에다가 허리를 틀면서 드러나 는 굴곡진 몸매만으로도 원화의 아랫도리는 절로 절정감을 맛볼 지경이었다.

지금껏 수많은 여인을 섭렵하고 지금도 매일 두 명의 계집 과 정사를 나눌 정도로 경험이 많은 원화였지만 저렇게 아름 답고 유혹적인 여인은 맹세코 처음이었다.

'도대체 어디의 누구지?'

처음 보는 얼굴이었으니 그의 염방에서 일하는 처자는 아 닐 것이다. 그렇다면 오늘 급하게 섭외한 일꾼 중의 한 명일 텐데, 도대체 어느 염방에 저런 미모의 여인이 있단 말인가.

그는 마른침을 삼키며 여인의 얼굴과 몸매를 정신없이 바라보았다. 살 수만 있다면 수만금을 주어서라도 꼭 데려오고 싶었다. 몇 달 전, 그가 정주에서 사왔던 계집들도 훌륭하기는 했지만 저 여인은 그 계집보다 열 배는 더 아름답고 요염했다.

원화는 저도 모르게 그 여인 쪽으로 발길을 옮겼다. 여인은 간단한 운동 삼아서 허리를 이리저리 틀다가 원화와 눈이 마주치고는 얼굴이 새빨개져서 황급히 자리에 앉았다. 아마도 자신을 향해 다가오는 원화가 또 한 소리 할 거라고 지레짐작한 모양이었다.

원화는 침을 꿀꺽 삼키면서 그녀에게 말을 건넸다.

"피곤하냐?"

여인은 빠르게 도리질을 하면서 대답했다.

"아뇨, 괜찮아요."

이런이런. 목소리까지 달콤하고 뇌쇄적이로구나.

원화는 참을 수가 없었다. 당장에라도 그녀의 손을 잡고 침상으로 달려가고 싶었다. 하지만 수많은 인부가 지켜보고 있는 마당에 어찌 그럴 수가 있겠는가.

그는 흥분된 마음을 억지로 가라앉히며 매섭게 말했다.

"그런데 왜 게으름을 피우는 게지?"

"죄, 죄송해요. 하도 앉아 있었더니 허리가 아파서 잠깐 쉬느라고⋯⋯."

"흠, 그렇군. 결국 피곤하다는 뜻이로구나."

"아, 아뇨. 그런 게 아니라⋯⋯."

"잔말하지 말거라."

원화의 매서운 말투에 여인은 찔끔 놀라 입을 다물었다. 잔뜩 주눅이 들어서 오들오들 떠는 그녀를 내려다보며 원화는 알 수 없는 쾌감을 느꼈다.

그는 명령조로 말했다.

"따라오너라."

"네?"

그녀는 영문을 모르겠다는 듯이 고개를 들었다. 커다란 눈동자, 오뚝한 코, 도톰하고 붉은 입술.

아아, 사람들만 아니라면 와락 끌어안고 마구 입술을 부비고 싶었다.

"따라오라니까."

원화는 더욱 매섭게 그녀를 노려보며 말했다. 그녀가 쭈뼛거리며 일어났다. 원화는 원래 데리고 있는 일꾼 중에서 우두머리를 불러 당부했다.

"잠깐 자리를 비울 테니까 그동안 제대로 관리하거라."

"알겠습니다요, 나리."

원화는 허리를 숙이는 그를 뒤로하고 마당을 가로질러 걸었다. 여인은 어쩔 줄 몰라 하다가 원화의 재촉을 받고는 마치 도살장에 끌려가는 소처럼 고개를 푹 숙인 채 그의 뒤를 따랐다.

사람들이 혀를 차는 소리가 그녀의 귓전으로 스며들었다. 하지만 그들은 알지 못했다. 고개 숙인 그녀의 입가에 걸려 있는 차디찬 미소가 무엇을 의미하는지를.

*　　　*　　　*

뜨거운 숨결이 방 안 가득 흘러넘쳤다.

원화는 정신을 차릴 수가 없었다. 그녀의 입술과 혀, 손가락과 발가락이 그의 전신을 어루만지거나 쓰다듬을 때마다 그는 항문을 움찔거리며 부들부들 떨어야 했다.

더욱 기막힌 것은 그녀의 손가락이 그 움찔거리는 항문 속으로 파고들 때였다.

"어억!"

원화는 온몸을 경직한 채 강간당하는 계집처럼 비명을 내질러야 했다. 그의 우뚝 선 양물에서 투명한 물이 쉴 새 없이 흘러나왔다.

애초부터 이러지는 않았다. 처음에는 원화에게 주도권이 있었으니까.

"내 말만 잘 들으면 부자로 만들어주마. 뭐든지 다 사주겠다. 그러니 이리 오너라."

그렇게 여인을 유혹할 때까지만 하더라도 그녀는 부끄러운 듯, 혹은 무섭다는 듯이 침상 한쪽 귀퉁이에 몸을 쪼그리고 앉아 있었다.

하지만 그가 갖은 설득과 협박, 위협을 통해 그녀의 옷을 벗기고 그녀를 애무하기 시작하자 상황은 급반전했다. 숨넘어가듯 할딱거리던 그녀가 갑자기 몸을 돌려 원화를 눕혔다. 그리고 조금 전 원화가 그러했듯 그의 전신을 훑고 빨기 시작한 것이다.

그게 시작이었다.

그때만 하더라도 원화는 그저 그녀의 행위를 즐기기만 했다. 생각보다 경험이 많은 계집이라는 생각이 들기는 했지만, 원래 또 처녀보다는 이런 계집과 나누는 정사가 더 즐겁고 황홀한 법이었다.

그렇게 느긋하게 누워 있던 원화가 갑자기 정신을 차리지 못하게 된 것은, 그녀와 깊고 진한 입맞춤을 하고 난 후부터였다.

달콤하면서도 끈적끈적한 그녀의 침 속에 원화가 모르는 무언가가 들어 있었을까. 입맞춤을 통해 그 침을 한 모금 마신 이후, 원화는 전신의 피부와 모공(毛孔)을 통해서 전달되는 극도의 쾌락에 거의 제정신이 아니게 되었다.

여인은 지독했다.

그녀는 어떤 곳이, 어떤 방법이 사내로 하여금 가장 큰 쾌락을 느끼는지 제대로 알고 있었다. 원화는 온몸을 꿈틀거리면서 그녀의 몸속으로 파고들고 싶어 했지만 여인은 결코 용납하지 않았다.

그녀는 차가운 눈빛으로 원화를 지켜보면서 쉴 새 없는 애무와 자극으로 그에게 고통과도 같은 쾌락을 선사했다. 이윽고 원화의 입에서 달뜬 신음이 흘러나왔다.

"제, 제발……."

여인은 그제야 비로소 처음으로 원화의 아랫도리를 매만졌다. 원화는 사정이라도 하듯 부르르 떨었다. 하지만 그뿐이었다. 여인의 손은 다시 그곳을 떠나 다른 곳으로 옮겨 가고 있었다. 그녀의 가늘고 긴 손가락이 원화의 허벅지와 정강이를 긁듯이 스치고 지나갔다. 원화의 살갗에 소름이 돋고 있었다.

"아아, 제발… 부탁이다."

원화는 두 눈을 꼭 감은 채 마치 계집처럼 신음하고 있었다. 여인은 그의 표정을 잠시 지켜보다가 천천히 입을 열었다.

"네, 이, 름, 은?"

또박또박 한 글자씩 떼어 읽는 식의, 무미건조한 그녀의 목소리에 원화는 움찔하더니 순순히 입을 열었다.

"원화."

"네, 별, 호, 는?"

원화는 머뭇거렸다.

이미 이성을 잃고 그녀에게 몸과 마음 모두 지배당하고 있는 상황이었지만 그래도 말하면 안 된다는 무의식이 남아 있는 모양이었다.

여인의 손가락이 원화의 깊은 곳을 파고들었다. 그는 처녀를 잃는 계집처럼 길게 비명을 내질렀다. 여인은 부드럽게 손가락을 움직이며 소곤거리듯 말했다.

"네, 별, 호, 는?"

원화가 부들부들 떨다가 힘없이 입을 열었다.

"오을신(午乙神)."

여인, 나찰염요의 눈빛이 차갑게 반짝이는 순간이었다.


4. 단서 四


강호 무림에는 사람의 이지(理智)를 제압하여 시전자의 뜻과 의지에 따라서 행동하고 말하게 만드는 무공이 존재한다. 그러한 무공들을 가리켜 섭혼술(攝魂術)이라 하는데 섭혼술에는 크게 세 가지 종류가 있다.

하나는 시전자의 막강한 내공과 사이한 심공을 통해서 상대를 최면에 빠지게 만들거나 허수아비처럼 만드는 수법으로 일반적인 섭혼술이 대부분 그러했다. 이른바 섭심탈백대법이나 금혼마안령 등이 그러한 부류라고 할 수 있었다.

또 다른 하나는 고(蠱) 같은 독물이나 약물을 통해 이지를 제압하고 정신을 통제하는 수법이 있었는데 주로 사천당가나 묘강독문 같은 곳의 사람들이 펼치는 섭혼술이 그러했다. 구유고혼술이나 천마인혼주 같은 사공(邪功)이 그러한 부류에 속했다.

마지막 하나가 색(色)을 통해 상대의 이지를 상실케 만들고 정신을 제어하는 수법이었다. 저 유명한 소녀환희공이나 섭혼자미소(攝魂慈眉笑) 같은 무공이 그에 속했다.


"하지만 염요의 섭혼술은 그 세 가지 특징이 한꺼번에 섞여 있지. 그래서 정말 무서운 게고."

담우천은 여전히 오층 객잔의 지붕 위에 서 있었다. 조금 전 그는 원화가 흘린 듯 정신없이 마당을 가로질러 가는 광경을 볼 수 있었다.

물론 원화는 모르고 있었지만 이미 그때부터 그는 나찰염요의 섭혼술에 시전당한 상태였다. 서로의 눈빛이 허공에서 마주치는 순간, 원화는 나찰염요가 펼친 미심최혼술(眉心催魂術)에 아무런 대책 없이 당하고 말았다.

그리고 방에 들어간 후 입맞춤을 통해 원화의 몸속으로 스며든 몽란첨밀정(夢卵甛蜜精)은 그의 정신과 육체를 꿈속으로 인도했고, 그녀의 혀와 손가락, 전신을 통해 펼치는 음마요인술(淫魔妖引術)로 인해 원화는 더 이상 자기 뜻대로 움직이거나 생각할 수 없게 된 것이다.

그 세 가지 섭혼술이 차례대로 펼쳐지면 그 어떤 자, 가령 천하십대고수라 하더라도 결코 그녀에게서 벗어날 수가 없었다. 그게 나찰염요의 무서움이었고, 과거 그 능력으로 인해 그녀는 적으로부터 많은 고급 비밀정보를 캐낼 수 있었다.

"그래도 복 받은 놈이요, 저자는."

여전히 담우천의 곁에 서 있는 무투광자가 조금은 부럽다는 표정을 지으며 말했다.

"어쨌든 건파와 함께 끝없는 쾌락을 누리고 더없이 황홀한 시간을 보내지 않겠소?"

"왜, 자네도 겪어보고 싶나?"

"그야 늘 생각하고 원하는 바이오만… 여전히 그녀는 가족과는 절대 살을 섞지 않겠다는 주의라서."

무투광자의 한탄 섞인 이야기를 들으며 담우천은 저도 모르게 웃었다.

당시 무투광자는 집요하게 나찰염요에게 들러붙어서 함께 정을 나누자고 매달렸다. 정력 하면 자기를 따라올 자가 없다고 말하기도 했고, 목숨보다도 그녀를 사랑한다고 애원하기도 했다.

그러나 나찰염요는 항상 냉정하게 거절했다. 오라버니와 함께 자느니 차라리 돼지와 자겠다는 말을 듣고서야 무투광자는 더 이상 그녀를 조르지 않았다.

그 끈질긴 구애와 실연의 과정을 기억하고 있는 담우천은 여전히 무투광자가 미련을 버리지 못하고 있다는 게 우습기도 하고 감탄스럽기도 했다.

그러한 예전의 기억들이, 잊고 있었던 추억들이 그의 무심지경을 흩뜨리고 있었다.

담우천은 이내 표정을 바꾸며 말했다.

"이제 우리는 돌아가서 기다리기로 하지."

무투광자는 순순히 고개를 끄덕이며 말했다.

"그러죠. 어차피 예서 기다린다고 한들 그녀가 마음을 바꿀 일도 없을 테니까요."

결국 담우천은 어쩔 도리 없이 쓴웃음을 흘려야만 했다.


*      *      *


담호의 표정은 심상치 않게 굳어 있었다. 며칠 전, 그러니까 담우천이 동료들과 만난 그날 이후로 담호의 얼굴은 딱딱하게 변했다.

"약속했잖아요?"

그날, 담호는 애원하듯 말했다.

"두 번 다시 기다리게 하지 않겠다구요. 늘 함께 다니겠다구요."

담호를 설득하고자 했던 담우천의 표정에 난감한 기색이

스며들었다. 소년의 말을 반박할 수가 없었던 것이다. 하지만 때마침 소화가 나서서 그를 도와주었다.

"대신 내가 함께 있을게."

그녀는 담호 앞에 무릎을 꿇고 시선을 맞춘 채 말했다.

"아빠의 사정을 들어서 알고 있잖니? 지금 아빠는 아주 위험한 곳에 가야 하는데 우리와 함께 가면 마음이 분산되어서 제대로 실력을 발휘할 수 없을 거야. 정주에서도 하마터면 큰일이 날 뻔했잖아?"

"그래서……."

담호는 주먹을 불끈 쥔 채 애써 울음을 참으며 입을 열었다.

"노력했다구요, 나두. 아빠에게 짐이 되지 않기 위해서 매일 새벽에 일어나 밤늦게까지 수련했어요."

"나도 잘 알아. 곁에서 늘 지켜보고 있었으니까."

소화는 담호의 어깨를 잡았다.

"또 아호가 예전보다 훨씬 강해졌다는 것도 알아. 그건 아빠도 잘 알고 있을 거야. 그래서 아빠가 지금 네게 부탁하는 거고. 네가 강해졌기 때문에, 아빠의 부탁을 들어줄 수 있을 정도로 몸은 물론, 정신도 강해졌다고 생각하시는 거야."

"무슨 말인지 모르겠어요."

"생각해 봐. 만약 네가 나약하다면 아빠와 헤어져서 살 수 있겠어?"

"아뇨."

"하지만 지금 넌 강하거든. 잠시 동안 아빠와 떨어져서 살아도 괜찮을 만큼, 그동안 이 누나와 아창을 보호할 수 있을 만큼 충분히 강해졌거든. 안 그래?"

"그, 그건⋯⋯."

"그래서 아빠가 부탁하는 거야. 아빠가 일을 마치고 돌아올 때까지 누나와 동생을 지켜달라고 말이지. 할 수 있잖아? 우리 아호, 그만큼 강해졌잖아?"

담호는 대답하지 않았다. 아니, 대답할 수가 없었다. 뭐가 뭔지, 마음속에서 여러 가지 감정이 마구 뒤엉켜서 아무 생각도 할 수가 없었다.

잠자코 소화의 설득을 지켜보던 담우천이 입을 열었다.

"내 부탁을 들어주면."

담호가 고개를 들었다. 소년의 둥근 눈동자에 눈물이 그렁그렁 맺혀 있었다. 담우천은 진심 어린 어조로 말했다.

"내 모든 것을 네게 전해주마. 그리고 적어도 네가 싫어할 때까지 늘 너와 함께 있으마."

"거짓말⋯⋯."

소년은 입술을 악물며 말했다.

"한번 약속을 지키지 않았는데 또 지키지 않으리라는 보, 보⋯⋯."

"보장하마."

담우천도 소화처럼 무릎을 꿇고 소년과 눈을 맞췄다.

"내 목숨과 내 이름을 걸고 보장하마. 두 번 다시 너와의 약속을 어기지 않겠다고 말이다."

담호의 불끈 쥔 주먹이 부들부들 떨렸다. 소화가 소년을 품에 안았다. 담호가 그녀를 밀치려 했다. 하지만 소화는 담호를 꼭 부둥켜안고 놓지 않았다.

"울고 싶으면 울으렴. 울음을 참는 건 바보나 하는 짓이야. 울고 싶을 때 울고 웃고 싶을 때 웃는 게 진짜 강한 사람이란다."

그녀가 다독거리며 말했다. 참고 있던 담호의 눈에서 눈물이 쏟아졌다. 소년은 큰 소리로 엉엉 울기 시작했다. 소화는 소년을 다독거리며 담우천에게 눈짓을 보냈다. 담우천이 일어나 밖으로 나갔다.

소년은 소화의 품에서 한없이 눈물을 흘렸다. 시간이 흘렀다. 그렇게 눈물을 쏟아내자 한결 마음이 개운해지고 차분해진 소년은 소화를 바라보며 고개를 끄덕였다.

"알았어요. 아빠가 없는 동안 내가 누나와 아창을 지켜줄게요."

소화는 부드럽게 웃으며 소년의 이마에 입을 맞췄다. 담호의 볼이 잘 익은 사과처럼 붉게 달아올랐다.

그날 이후, 담호의 표정은 지금 담우천이 보는 것처럼 딱딱하게 굳어버렸다. 원영염방을 정찰하고 돌아온 담우천은 노려보듯 자신을 쳐다보는 담호를 보며 내심 한숨을 쉬었다.

역시 아이들을 키우는 건 어렵다. 그런 의미에서라도 얼른 아내를 되찾아야 했다.

그런 생각을 하면서 담우천은 문득 소화를 돌아보았다. 담호를 달래던 그날도 그러했지만 지금 보면, 꽤 담호와 담창을 능숙하게 다루고 있었다. 덕분에 담우천은 아이들을 돌보는 일에서 벗어나 한결 편하게 움직일 수가 있었다.

'아이를 잘 다루는 건 여자의 본능일까.'

담우천은 늦은 식사를 하면서 그렇게 생각했다.

"괜찮은 아이구려."

함께 식사를 하던 무투광자가 담우천의 생각을 읽었다는 듯이 그렇게 말했다. 담우천은 고개를 끄덕였다.

"좋은 아이지."

무투광자가 뭔가 생각하다가 은밀한 어조로 말했다.

"저 녀석도 형님을 좋게 생각하는 것 같은데…….."

"그런데?"

"내가 형수를 만난 적이 없어서 이런 말을 하는 건지도 모르겠지만… 만약 형수를 되찾지 못한다면 저 녀석과…….."

"아니, 그럴 생각 없다."

담우천이 잘라 말했다. 무투광자는 입을 들썩이다가 이내 어깨를 으쓱거리며 말했다.

"뭐, 나와는 상관없는 일이니까."

"그래, 자네와는 상관없는 일이네."

담우천의 딱딱한 말투에 분위기가 냉랭해졌다. 무투광자는 젓가락을 집어던지며 투덜거렸다.

"정말 먹을 게 못되네. 어떻게 이토록 맛없는 음식을 만들수 있을까? 국물에서 구린내가 나다니, 이게 말이 되냐구?"

마침 지나가던 점소이가 움찔했다. 그는 제 엉덩이를 긁은손가락으로 국물을 휘휘 저었던 게 들통 난 게 아닐까 하는얼굴로 무투광자를 힐끗거렸다. 하지만 무투광자는 이미 다른 쪽으로 화제를 돌리고 있었다.

"그나저나 이매망량 이 녀석들은 왜 아직도 안 나타나는지모르겠네."

언제까지 이곳 객잔에 머무를 수는 없었다. 담우천이 돌아올 때까지 소화와 담호, 담창이 기거할 곳이 필요했다. 그래서 담우천은 이매망량더러 적당한 집 한 채를 구해달라고 부탁했고, 지난 며칠 동안 그들은 무한 일대를 돌아다니며 집을구하는 중이었다.

"그 녀석들, 집을 구하라고 했더니 아예 집을 새로 짓고 있는 게 아냐?"

무투광자가 투덜거릴 때였다.

"정말 늘 투덜거린다니까."

"가만 보면 어린애 같아. 심술보가 더덕더덕 붙어 있는."

호랑이도 제 말 하면 온다고, 때마침 이매망량 두 사람이자리로 다가오며 서로 낄낄 웃었다. 무투광자가 인상을 쓰며 입을 열려고 했지만 그보다 먼저 청풍이 말했다.

"괜찮은 장원을 구했습니다. 퇴직 관리가 낙향하면서 내놓은 장원인데 경관이나 위치가 매우 좋습니다."

망량도 자리에 앉으며 말했다.

"비슷비슷한 장원들이 수십 채가 있는 동네라 눈에 띄지도 않습니다. 그리고 주변 사람 모두 사생활을 중시하는 풍이라 괜한 오지랖 따위도 걱정할 필요가 없을 것 같습니다."

"알아서 잘 구했겠지. 고생했네."

담우천이 고개를 끄덕이며 말했다.

"그럼 염요가 오는 대로 거처를 옮겨야겠군."

"염요 일은 아직 안 끝났습니까?"

청풍의 질문에 무투광자가 툴툴거리듯 말했다.

"건파가 한번 잠자리에 들면 얼마나 오랜 시간이 걸리는지 자네가 가장 잘 알지 않나?"

청풍이 피식 웃었다.

"아, 그야 잘 알지. 나와 잤을 때는 무려 여섯 시진 동안 쉬지 않고 즐겼거든. 하지만 일을 할 때는 좀 더 일찍 끝내는 편인데."

무투광자는 청풍을 노려보다가 불쾌하다는 듯이 고개를 획 돌렸다.

그러한 무투광자의 태도에 청풍은 이해할 수 없다는 듯이 고개를 갸웃거렸다. 하기야 왜 무투광자가 청풍을 싫어하는

지 모르는 사람은 오직 청풍 본인뿐이었으니까.

그렇게 어색한 공기가 탁자 위에 천천히 내려앉을 때였다. 모든 이가 애타게 기다리고 있던 나찰염요가 이윽고 모습을 드러냈다.

일을 마친 그녀의 얼굴은 더욱 아름다워 보였고 살결은 더욱 뽀송뽀송하게 느껴졌다. 아무래도 사내의 정기를 먹고 산다는 무투광자의 말이 거짓말이 아닌 모양이었다.

나찰염요가 대청을 가로질러 일행의 자리로 다가오는 동안 장내의 모든 사내는 그녀에게서 시선을 떼지 못했다. 그녀가 담우천의 옆자리에 앉자 누군가 길게 한숨을 내쉬었다. 질투와 증오의 눈빛들이 저주의 주문이 되어 담우천에게로 쏟아졌다.

"잘되었나?"

담우천이 무덤덤하게 물었다. 나찰염요는 화사하게 웃으며 말했다.

"잘되지 않을 리가 있나요?"

"역시 건파라니까. 사내 홀리는 데에는 천하제일이지."

무투광자는 그렇게 감탄하더니 서둘러 물었다.

"그래, 미후가 관장하는 지역은 어디야?"

나찰염요가 대답했다.

"하남의 천중산이라네요."

第十章
세 가지 규칙

두건 쓴 자가 다시 물었다.

"이곳의 일을 누구에게도 말하지 않겠습니까?"

"물론이오."

"추천인에게 누가 되는 행동을 하지 않겠습니까?"

"물론이오."

"지금까지의 약속을 지키지 않으면 목숨을 잃을 것입니다. 귀하뿐만 아니라 추천인, 그리고 귀하의 가족과 추천인의 가족 모두. 이러한 사실을 알고서도 저 안으로 들어가실 겁니까?"

"그렇소."

"좋습니다. 황주의 담천, 담 대인의 입장을 허(許)합니다."

## 1. 복수는 언제 해도 늦지 않는 법

눈을 떴을 때는 어느새 한밤중이 되어 있었다. 절정과 환희의 열락으로 뜨겁게 달궈졌던 방 안은 차갑게 식은 지 오래였다.

원화는 머리를 감싸며 일어나 앉았다. 마치 전날 밤 수십 동이의 술을 마신 것 같은 숙취가 머리를 지끈거리게 만들고 있었다. 그의 몸 또한 물먹은 솜처럼 축 처져서 무기력하게 느껴지기만 했다. 모든 게 멍했다.

원화는 두 손으로 관자놀이를 매만지며 잠시 기억을 더듬었다. 그리고 마침내 정신을 잃기 전 죽음의 파도처럼 밀려들던 그 쾌락이 떠올랐다.

계집도 아니면서 그는 수십 차례의 절정을 연거푸 맞아들였다. 그의 몸은 학질 걸린 것처럼 끝없는 경련을 일으켰다. 그리하여 온몸의 기운이 어느 한곳으로 빨려 들어가는 듯한 무력감과 아득함 속에서 그는 정신을 잃고 이제야 눈을 뜬 것이다.

"지독한 쾌락이었다."

원화는 고개를 설레설레 흔들며 중얼거렸다.

색에 환장한 난봉꾼이었지만, 수백 명의 여인과 정사를 가졌지만 이런 경험은 처음이었다. 사내도 계집처럼 이렇게 죽음을 떠올릴 정도로 아득한 황홀경에 빠질 수도 있다는 사실을 깨달았다.

"대단한 계집이었어."

원화는 자신을 그렇게 만든 여인을 찾아 침상을 두리번거렸다. 하지만 그녀의 모습은 어디에서고 찾을 수가 없었다. 원화 홀로 남은 침상, 그 어디에도 그녀의 흔적은 남아 있지 않았다.

이미 떠난 것일까. 쾌락에 겨워 정신을 잃고 잠이 든 원화를 내려다보다가 불쑥 부끄럽고 쑥스러워서 조심스레 옷을 입고 방을 빠져나간 것일까.

원화는 피식 웃었다.

그런 절륜한 기교와 농밀한 육체를 가진 그녀에게 그런 수줍음이 있다는 게 믿어지지 않았다.

"젠장, 어쨌든 너무 늦었다."

밖은 어두워진 지 오래, 오늘 내로 목표한 염색이 제대로 되었을까 걱정이 들었다. 그가 자리를 비우면 아무래도 불량품이 나올 수밖에 없는 일이다. 주인과 인부의 마음이 어디 똑같겠는가.

그는 자리에서 일어나려다가 다시 머리를 감싸 쥐었다. 숙취와 같은 통증, 어지러움, 혼탁함이 그의 뇌리를 뒤흔들고 있었다.

그는 다시 주저앉은 채 머리를 감싸 쥐고 있다가 문득 뭔가를 놓치고 있다는 기분을 느꼈다. 중요한 걸 잊고 있다, 라는 생각.

뭘까. 염색은 아니고… 형문산의 일도 아니다.

좀처럼 떠오르지 않았지만 그는 초조해하지 않았다. 외려 마음을 편하게 가지고 천천히, 느긋하게 기억을 더듬었다.

비록 그가 천하의 난봉꾼이고 색에 미친 탐화랑군(探花郎君)이라 하지만, 그래도 본질은 결코 형편없지 않았다. 하기야 야시의 십이지신 중 한 명인 그가 평범할 리가 없었다.

원영염방의 삼 대째 주인인 원화의 본래 신분은 요을신. 야시 십이지회의 한 명이자 열두 곳의 야시 중 한 곳을 주관하는 책임자가 바로 그였다.

자신이 무언가를 잊고 있다는 생각이 들었을 때 그는 아무 일도 아닐 거라고 덮지 않았다. 의혹이 생기면 그게 풀릴 때까지 집요하고 끈질기게 매달렸다. 바로 그게 지금껏 자신의 신분을 철저하게 숨길 수 있는 원동력이었다.

불투명한 기억 저편에서 누군가 물어오는 목소리가 들린 것은, 원화가 그렇게 머리를 감싸 쥔 채 기억이 떠오르기를 기다린 지 한 시진이 흐른 후의 일이었다.

"네, 이, 름, 은?"

부드럽고 달콤하면서도 끈적거리는 목소리. 반면 한없이 무미건조해서 사람의 음성 같지 않게 들려오는 말투. 그건 바로 원화에게 절정의 쾌락을 선물했던 여인의 목소리였다.

"이런……."

원화의 등골에 서리가 내려앉았다. 한 가닥 소름이 척추를 타고 흘러내렸다.

"섭혼술에 걸렸구나!"

그는 입술을 깨물었다. 그제야 비로소 이 지독한 숙취와 같은 고통이 어디에서 온 것인지 알 수 있었다. 그는 재빨리 자세를 고쳐 잡았다. 그리고 운기조식을 통해 몸과 마음을 깨끗하게 닦기 시작했다.

섭혼술에 걸리게 되면 자신이 무슨 행동을 했는지 어떤 말을 했는지 알 수가 없게 된다. 하지만 섭혼술이 풀리면 희미하게나 그 기억의 잔상이 남게 마련이다.

물론 강력한 섭혼술일수록, 시전자의 내공이 강할수록 그 잔상은 희미하고 불투명해서 알아볼 수가 없다. 또 반면 섭혼술에 걸렸던 자의 내공과 심지가 높고 강하다면 그 잔상을 통해 묻혀 있는 기억을 보다 빠르게 되살릴 수 있었다.

그리고 원화는 나찰염요가 생각했던 이상으로 내공이 높고 심지가 굳건한 자였다. 그는 결코 평범한 난봉꾼이 아니었다.

얼마나 시간이 흘렀을까. 기억 저편에 숨어 있던 그녀의 목소리가 다시 들려왔다.


"네, 별, 호, 는?"


일순 원화의 안색이 더할 나위 없이 창백해졌다.

"설마……."

그녀는 알고 있었다, 원화에게 별호가 있다는 사실을. 상식적으로 본다면 일개 염방 주인에게 별호가 있을 리 없었다. 하지만 그녀는 정확하게 원화의 별호를 묻고 있었다.

즉, 그녀는 원화의 비밀스러운 신분을 알고 있었다는 뜻이 된다.

"이, 이런……."

원화의 얼굴이 사색으로 변했다.

누굴까.

누구이기에 야시에 접근하려는 것일까. 그 목적은 또 무엇일까.

원화는 초조하고 불안했다. 당장에라도 벌떡 일어나 그 요망한 계집을 찾고 싶었다.

하지만 그는 인내했다. 그는 침상에 홀로 앉은 채 계속해서 기억을 더듬었다. 그리고 그녀가 무엇을 물어봤는지, 자신이 어떤 대답을 했는지 최대한 많은 것을 기억해 내려 애썼다. 그래야만 제대로 된 복수를 할 수 있으니까.

그래, 복수는 언제 해도 늦지 않는 법이다.

원화는 이를 악문 채 생각하고 또 생각했다. 그리하여 마침내 그 빌어먹을 계집이 섭혼술을 펼치며 물었던 모든 것을 기억해 낼 수 있었다.

"미후신!"

그는 자리에서 벌떡 일어났다.

오늘까지 끝내야 하는 염색도, 형문산의 야시도 그에게는 더 이상 급한 문제가 아니었다. 최대한 빨리, 미후신에게 연락을 취해야 했다.

그는 거칠게 방문을 열고 나서려다가 문득 자신이 아직 벌거벗은 몸이라는 사실을 깨달았다.

"빌어먹을!"

옷을 찾아 입는 그의 얼굴이 잔뜩 일그러져 있었다.

## 2. 세 가지 규칙

하남성 남쪽의 최대 성시인 여남(汝南) 부성에서 북쪽으로
약 삼사 리를 가다보면 혹은 천태산이라고도 불리는 천중산(天
中山)을 만날 수 있다.

천하의 중심에 우뚝 선 산이라는 의미의 천중산은 사실 산
이라고 부를 수 없는 자그마한 흙무더기에 불과했다. 너비는
십삼 장(약 40m)에 불과하고 높이는 일 장(약 3m)가량 되는 천
중산은 아래에 돌을 쌓고 위로 흙을 덮어 만든 인공산이라 할
수 있었다.

'천중산 삼척삼 내도천중산 일보가등천(天中山 三尺三 來到
天中山 一步可登天:삼 척(약 90㎝) 높이를 세 번 오르면 천중산, 그
곳에서 한 걸음 걸으면 바로 하늘이네)' 이라는 민요를 보면 천중
산이 세상에서 가장 낮은 산임을 알 수가 있다.

'중수여남부지' 를 찾아보면 그 천중산이 생긴 유래를 알
수 있으니, 바로 '우임금이 천하를 구주로 나누니 예주는 구
주의 한가운데이고 다시 여(채주 땅, 현재의 여남)는 예주의 중
앙에 있다. 그래서 돌을 쌓고 흙을 모아 천하의 중심을 표시
했으니 바로 천중산이다' 라는 대목이었다.

하지만 놀랍게도 우임금 시절에 쌓았다는 그 천중산은 수
천 년 역사의 비바람 속에서도 허물어지지 않고 그 자태를 간
직하고 있었으니, 그야말로 천중산은 산이되 산이 아니고 산

이 아니되 산인 것이다.

천중산이 그렇게 볼품없이 낮은 산인 데다가 저 구파일방의 태두 소림사가 있는 숭산의 또 다른 이름이 천중산인 까닭에, 하남의 천중산 하면 외지인들은 주로 여남의 천태산이 아닌 등봉현의 숭산을 찾게 마련이었다.

그러나 담우천과 나찰염요는 정확하게 여남의 천중산을 향해 말을 달리고 있었다.

사실 며칠 전 미후의 관장 지역이 어디냐는 담우천의 질문에 나찰염요가, '하남의 천중산이라네요'라고 대답했을 때 무투광자나 이매망량은 숭산을 떠올렸다. 그러나 담우천은 고개를 저었다.

"야시가 숭산에서 열릴 리가 없지."

나찰염요도 그와 같은 생각을 하고 있었다.

"야사는 언제나 한적하고 외진 곳에 장이 서니까요."

숭산은 불문의 성지이자 무림의 태산북두인 소림사가 있는 곳, 매일처럼 수많은 향화객(香火客)과 무인이 찾아 오르는 산이었다. 그런 곳에 야시를 열었다가는 부지불식간에 사람들의 이목을 끌 수 있었다.

반면 천중산은 달랐다. 여남 사람들이 아니면 그 누구도 산이라고 인정하지 않는 조그마한 흙무더기를 어느 누가 찾겠는가. 그리하여 천중산 일대의 너른 벌판에는 언제나 스산한 찬바람만 불었다.

담우천은 원화에게서 정보를 캐낸 다음 날 아침 일찍 말 두 필을 구입한 후 나찰염요와 더불어 쉬지 않고 북쪽으로 말을 달렸다. 호광성의 무한을 출발한 지 십여 일 후, 그들은 마침내 하남의 여남에 당도했다.

　"야시는 밤에만 서요."

　"그건 나도 알고 있다."

　그들이 여남에 들어선 때는 대략 오시(午時:아침 11시—오후 1시) 초 무렵이었다. 예서 천중산까지는 불과 반 시진 거리도 안 되었다. 그러니 해가 지기 전까지 여유가 있는 셈이다.

　그래서 담우천은 천천히 말을 몰고 여남 거리를 따라 북쪽으로 향하다가 눈에 띄는 객잔을 찾아서 말머리를 돌렸다. 점심 영업을 하기에는 이른 시각이었지만 부지런한 점소이가 문밖에서 기다리고 있다가 그들을 향해 깍듯하게 인사했다.

　"잘 오셨습니다. 말들은 제게 맡기시고 어서 안으로 들어가시죠. 뜨끈뜨끈한 국물 요리가 기다리고 있으니까요."

　열대여섯 살 정도로 보이는 점소이는 씩씩하게 말하며 말 고삐를 쥐었다. 담우천과 나찰염요는 말에서 내려 객잔 안으로 들어섰다.

　보통 때라면 한가할 시각임에도 불구하고 객잔 안은 제법 많은 손님들로 붐비고 있었다.

　하지만 기묘하게도 사람 숨소리까지 들릴 정도로 장내는 조용했다. 또한 다들 평범하고 허름한 옷을 입은 손님들임에도 불구하고 게걸스럽게 먹거나 마시는 이들이 없었다. 그들에게서는 묘한 품위와 기품이 넘쳐흐르고 있었다.

아마도 야시를 찾아온 손님들이겠지.

야시와 거래할 정도라면 결코 격이 떨어지거나 신분이 낮지 않을 터, 허름한 옷을 입고 초췌한 모습으로 변장을 했지만 평소의 예절이나 습관은 어쩔 수 없는 것이다.

그럼에도 불구하고 나찰염요가 객잔 안에 모습을 드러내자 대부분의 손님은 넋이 나간 듯 그녀를 쳐다보았다. 그녀가 담우천과 함께 구석진 자리에 앉자 묘한 의미가 담긴 한숨이 사방에서 흘러나왔다.

담우천도 한숨을 내쉬었다.

"너와 다니면 늘 이렇구나."

예전에도 그랬지만, 아니, 외려 십여 년이 흐른 지금에 와서 더더욱 그러했다. 세월은 그녀에게 청순함을 가져간 대신 그 몇 배나 되는 농염함과 성숙함을 준 것이다. 스무 살 시절보다 훨씬 더 아름답고 훨씬 더 요염해진 그녀.

그녀는 무심한 어조로 말했다.

"앞으로 얼굴을 가리고 다니죠."

담우천은 그녀가 농담을 하지 못한다는 사실도 잘 알고 있었다. 그는 뭐라고 이야기를 해줄까 하다가 단념하고는 점소이를 불러 간단한 요리를 주문했다.

식사를 마친 이후 그들은 객잔을 나와 근처 시장으로 향했다. 게서 나찰염요는 면사(面紗)가 달린 모자를 샀다. 그렇게 새로 치장하고 거리에 나선 나찰염요와 담우천은 마치 대갓집 여인과 그를 수행하는 무사처럼 보였다.

시간이 남은 그들은 여남 거리를 하릴없이 돌아다니다가 다시 객잔으로 돌아왔다. 그동안 좋은 여물을 먹고 충분한 휴식을 한 덕분인지, 아니면 어린 점소이가 정성스레 씻어준 연유에서인지 말들은 훨씬 건강하고 활기차 보였다.

담우천이 건네준 은자 한 냥을 소중하게 받아 든 점소이는 그들이 말을 타고 여남 거리 북쪽으로 사라질 때까지 허리를 숙이고 있었다.

어느덧 날이 저물고 있었다.

담우천과 나찰염요는 어두워져 가는 하늘을 등진 채 드넓은 벌판을 따라 천천히 말을 몰았다.

스산한 바람이 동쪽에서 서쪽으로 불어왔다. 너른 평원의 수풀들이 기이한 소리를 내며 흔들렸다. 갑자기 주변 공기가 달라졌다. 음습하고 음울한 무언가가 거미줄처럼 사방을 옭아매기 시작했다.

담우천은 내심 고개를 끄덕였다.

바로 이곳부터, 천중산에서 삼사 리 떨어진 바로 이 지점부터 야시의 통제가 시작된 것이다. 은밀하고 철저하게, 일반 사람들은 애당초 이 평원에 들어설 수 없게 경계를 펼치는 것이다.

그 와중에도 대평원에는 수많은 인기척이 조심스레 움직이고 있었다. 다들 야시를 향하는 발걸음이었다.

　그렇게 얼마나 평원을 따라 말을 몰았을까. 두 개의 붉은 횃불이 도깨비불처럼 일렁거리는 광경이 눈에 들어왔다. 담우천과 나찰염요는 그 불빛을 향했다.

　이윽고 십여 명의 두건 쓴 자가 횃불을 들고 서 있는 모습이 시야에 들어왔다. 담우천과 나찰염요가 그들 가까이 다가가자 검은 야행복을 그림자처럼 입은 자들이 말에서 내리라는 손짓을 했다.

　담우천과 나찰염요는 순순히 말에서 내렸다. 한 명의 사내가 말을 끌고 어둠 속으로 사라졌다. 또 다른 사내가 다가와 손을 내밀었다. 나찰염요는 손에 낀 백옥 반지를 빼서 그에게 건넸다.

　두건으로 얼굴을 반쯤 가린 사내가 그 백옥 반지 안쪽을 확인하며 중얼거렸다.

　"환희루주(歡喜樓主) 염요."

　그 옆에 서 있던 사내가 들고 있던 기장에 그 이름을 적었다. 두건 쓴 사내는 나찰염요에게 반지를 건네 주며 담우천을 가리켰다. 나찰염요가 말했다.

　"황주(荒州)의 담천이라고 해요."

　또 다른 사내가 다시 이름을 적는 동안 두건 쓴 자가 유심히 담우천을 바라보면서 입을 열었다.

"이곳의 세 가지 규칙은 잘 알고 있습니까?"

담우천은 고개를 끄덕이며 말했다.

"그 누구와도 싸우지 않는다. 그 어떤 불만도 내뱉지 않는다. 무조건 야시의 중재에 따른다."

두건 쓴 자가 다시 물었다.

"이곳의 일을 누구에게도 말하지 않겠습니까?"

"물론이오."

"추천인에게 누가 되는 행동을 하지 않겠습니까?"

"물론이오."

"지금까지의 약속을 지키지 않으면 목숨을 잃을 것입니다. 귀하뿐만 아니라 추천인, 그리고 귀하의 가족과 추천인의 가족 모두. 이러한 사실을 알고서도 저 안으로 들어가실 겁니까?"

"그렇소."

"좋습니다. 황주의 담천, 담 대인의 입장을 허(許)합니다."

두건 쓴 자가 한쪽으로 비켜섰다.

담우천은 그가 비켜난 길, 그러니까 두 개의 횃불이 나란히 서 있는 그 안쪽을 바라보았다. 아무것도 보이지 않는 어둠뿐이었다. 어떤 소리도 들려오지 않았으며 어떠한 인기척도 느껴지지 않았다.

그때였다. 나찰염요가 그의 손을 가볍게 잡고 걸음을 옮겼다. 담우천은 그녀를 따라 앞으로 걸어 나갔다.

횃불과 횃불 사이를 지나는 순간, 갑자기 주위 풍경이 확 바뀌었다. 어둠뿐이었던 공간에 길이 생기고 수백 개의 장등(長燈)이 양 옆으로 늘어서 있었다.

그 길 끝 쪽에는 수천 평이나 되는 너른 공터가 멀리 보였고 그곳에서는 수많은 사람이 고래고개 소리를 지르며 호객하고 있었다. 물론 그보다 많은 손님이 공터 이곳저곳을 걸어 다니며 야시에 나온 물건들을 구경하거나 흥정하는 중이었다.

'진법(陣法)이구나.'

담우천은 고개를 끄덕였다.

이 야시가 열린 주변 일대에는 거대한 진이 펼쳐져서 바깥과 전혀 다른 공간의 결계(結界)를 만든 것이다. 진법 밖에서는 그 안을 볼 수 없지만 안에서는 밖을 볼 수 있는 이 거대한 진법을 펼치기 위해서 얼마나 많은 재능과 노력이 필요했을까. 그것만으로도 이 야시를 주관하는 자들의 능력을 충분히 알 수 있었다.

담우천은 장등으로 밝혀진 길을 따라 걸으며 주위를 둘러보았다. 열 걸음에 한 명씩, 야시 쪽 사람들이 매복하고 있는 기척이 느껴졌다. 호흡이 느리고 움직임이 전혀 없는 걸로 미루어 상당한 실력자들임에 분명했다.

당경에서 노경 사이의 고수들이군.

담우천은 그 호흡만으로 매복자들의 실력을 가늠해 보았

다. 그런 절정의 고수들이 경비무사에 불과하다는 건 확실히 놀라운 일이었다.

하지만 진법 밖에서 만났던 자들, 야행복을 입고 두건을 쓴 사내들의 실력이 이 매복자들보다 훨씬 강하다는 걸 알고 있는 담우천의 입장에서는 그리 놀랄 일도 아니었다.

두건 쓴 자들은 한결같이, 담우천이 북경부에서 싸운 바 있던 혈향검수 온주은보다 뛰어난 실력을 지니고 있었다. 그런 고수들이 일개 문지기, 안내 역할을 하는 곳이 바로 이곳 야시인 것이다.

공터에는 수많은 천막과 좌판, 노점이 펼쳐져 있었다. 그곳에서 파는 물건은 평범한 것들이 하나도 없었다.

진귀해 보이는 패물이나 불상은 물론 한눈에 보아도 신병이기임을 알 수 있는 무기와 제구들. 야광주나 흑요석, 피독주들도 있었으며 성분을 알 수 없는 약물이 가득 담긴 병들을 늘어놓고 파는 이도 있었다. 또한 구파일방의 비급들도 보였으며 신주오대세가에서 흘러나온 듯한 물건들을 파는 자도 있었다.

물론 그 모든 것이 진품은 아니었다. 이곳에서 무엇을 팔든, 그건 야사에 돈을 내고 입점한 사람들의 마음이었다. 반면 그들에게서 어떤 물건을 사느냐 하는 건 오로지 손님들의 몫이었다. 국보급 물건을 은자 한 냥에 살 수도 있었고 반대로 동전 몇 푼짜리 가품(假品)을 십만 금에 살 수도 있었다.

이곳 야시에서는 싸움 이외에는 그 모든 것이 허용되고 있었다. 그러니 저 야시의 노련한 장사꾼들에게 속지 않으려면, 진품을 사기 위해서라면 확실히 정신을 집중하고 한눈을 팔지 않아야 했다.

담우천은 그런 기이한 물건들을 파는 노점과 좌판에는 눈길도 주지 않았다. 그의 시선은 정면을 향하고 있었고 그의 발걸음 또한 오직 그곳을 향해 움직이고 있었다.


3. 경매


제단이 세워져 있는 그곳, 그 제단에는 다섯 명의 남자가 줄을 지어 서 있었다. 십대 초반의 소년에서 이십대 초중반의 청년까지, 그들은 하나같이 웃통을 벗은 채 손발이 묶인 상태로 고개를 숙이고 있었다.

그리고 제단 앞쪽으로는 수십 명의 남녀가 삼삼오오 모여서 노예처럼 묶여 있는 이들의 면면을 유심히 훑어보았다.

"맹세하지만 여기 있는 아이 모두 앞이나 뒤 모두 동정입니다! 저 야들야들한 살결과 털 한 점 나지 않은 피부를 보십시오!"

제단 옆에는 다섯 명의 소년, 청년을 묶은 채 그 줄을 흔들며 한껏 소리치는 배불뚝이 중년인이 있었다. 본격적인 인신매매의 현장이었다.

"이 왕 노대(老大)가 무려 천여 명의 아이 중에서 엄선한 다섯 명의 정예! 그런 아이들을 최소 은자 천 냥에 사실 수 있는 유일한 기회입니다!"

배불뚝이 중년인의 목소리가 더욱 커졌다.

"그럼 자세한 설명이 들어갑니다. 맨 오른쪽의 순진하게 생긴 청년은 얼마 전까지 하북 가동현에서 착실하게 글을 배우던 문사(文士)였습니다. 오직 글만 배우고 익혀서 세상물정 전혀 모르고 여인의 손길 한 번 타지 않은, 말 그대로 동정 중의 동정. 이런 청년을 데리고 하나부터 열까지 가르치는 재미야말로 조교(調敎)의 참 재미가 아니겠습니까? 은자 천 냥부터 시작합니다. 자, 없습니까? 은자 천 냥!"

제단 아래쪽에 서 있던 중년인 한 명이 손을 들었다. 배불뚝이가 그 중년인을 가리키며 더욱 크게 외쳤다.

"천 냥 나왔습니다! 자, 그럼 이제 천오백 냥? 천오백 냥 부르실 분 안 계십니까? 열을 셀 동안 안 나오시면 저 대인께……."

중년인과 반대쪽에 서 있던 여인이 손을 들었다. 배불뚝이가 활짝 웃었다.

"아, 우측 귀부인께서 천오백 냥 부르셨습니다. 이천 냥 부르실 분? 네, 다시 대인께서 이천 냥을 부르셨습니다. 그럼 이천오백 냥? 없으십니까? 그럼 열을 헤아리겠습니다. 하나, 둘, 셋……."

배불뚝이 중년인이 열을 셀 동안 손을 드는 사람은 더 이상 없었다. 결국 그 하북에서 온 문사라는 청년은 중년인의 것이 되어 제단에서 내려왔다. 그 후로도 인신매매는 계속 이어졌다.

잠시 그 광경을 지켜보던 담우천은 문득 나찰염요를 돌아보며 물었다.

"여인들의 경매는 언제 하지?"

"이 경매가 끝나면요."

나찰염요는 제단 위 사내들에게서 시선을 떼지 않은 채로 말했다.

"남자, 여자 이렇게 번갈아가면서 경매를 해요. 그렇게 세 차례 번갈아 이어지면 그날의 경매는 끝나죠. 가장 괜찮은 물건들은 장이 서고 닷새 정도 지났을 때? 그때 정도면 이곳에 올 손님 대부분이 모였을 때니까, 가장 좋은 물건들이 경매에 나오죠."

이런 경매에 익숙한 듯 나찰염요는 담우천에게 자세하게 설명해 주었다. 그러다가 마음에 드는 물건이 나온 듯 가볍게 손을 들었다. 배불뚝이 중년인이 소리쳤다.

"은자 사천 냥, 나왔습니다! 다른 분들이 안 계시면 면사를 쓰신 귀부인께서 이 연약하고 불쌍한 소년의 주인이 되실 겁니다. 이제 오천 냥! 오천 냥이면 이 열세 살 꼬마의 평생 주인이 되는 겁니다! 어이쿠, 아까 패배하셨던 귀부인께서 손을 들어주시는군요!"

그 말이 끝나기가 무섭게 나찰염요가 손을 들었다. 담우천
이 가볍게 눈살을 찌푸리며 물었다.

"진짜로 살 생각인가?"

평소라면 그녀가 소년을 사든 검버섯 잔뜩 난 늙은이를 사
든 상관하지 않을 것이다. 하지만 지금은 그럴 때가 아니었
다. 무엇보다 자하가 이곳에 있는지, 확실하게 알아내는 게
우선이었다.

담우천의 얼굴에서 그런 표정을 읽었을까, 나찰염요는 순
순히 손을 내리며 고개를 끄덕였다.

"그래요. 제가 잠시 망각했네요. 죄송해요, 대가."

"죄송할 것까지야 없다. 하지만 이렇게 넋 놓고 구경할 시
간이 없으니까. 다음 제단에 올라온 여인들이 어디에서 대기
하는지 알아보아야겠다."

"그건 불가능할 거예요."

"왜?"

"인신매매에 참가하는 남녀들은 모두 야시에서 직접 관리
하거든요."

나찰염요는 여전히 제단에서 시선을 떼지 않은 채 이야기
를 하다가, 문득 아! 하고 짧은 탄성을 흘렸다. 그녀가 사려고
했던 소년이 그 젊은 귀부인에게 팔린 것이다.

"좀 더 자세히 말해줘."

담우천은 내심 혀를 차며 그녀를 채근했다. 나찰염요가 아쉬운 빛을 감추며 말을 이었다.

"그녀들은 이 공터 바깥쪽, 그러니까 진법이 펼쳐진 경계 바로 근처에 모여 있을 거예요. 오시면서도 느꼈겠지만 공터 주변으로는 야시의 매복자들이 곳곳에 자리 잡고 있죠. 그러니 그녀들이 모인 장소로 가기 위해서는 그 매복자들의 숲을 지나쳐야 한다는 건데… 대가라면 충분히 가능하시겠지만 게서 언니를 구출하고 되돌아 나오기는 정말 힘들 거예요. 물론 그곳에 언니가 있느냐 없느냐 하는 건 차치하고서라도요."

담우천은 곰곰이 그녀의 말을 듣다가 어쩔 수 없다는 듯이 중얼거렸다.

"그렇다면 세 차례의 경매를 모두 지켜봐야 한다는 거로군. 그것도 최소한 앞으로 닷새까지."

"그래요. 뭐, 보다 빠른 방법이 있기는 하겠죠."

"뭐지?"

"미후를 찾아 인질로 잡고 교환하는 거죠."

나찰염요는 무표정한 얼굴로 말을 이었다.

"그럴 수만 있다면 말이죠."

담우천은 턱을 쓰다듬으며 제단을 바라보았다. 제단에는 이제 한 명의 사내만 남았는데 아무도 그를 사려 하지 않았다. 배불뚝이 중년인은 아주 천천히 열을 헤아리고는 매우 불쾌한 표정을 지으며 사내를 걷어찼다. 사내는 비참한 모습으로 제단을 내려갔다.

"그럼 잠시 휴식을 취하고 한 식경 후에 다시 찾아뵙겠습니다. 이번에는 세상에서 가장 아름답고 청순하며 도도한 여인들이 여러 주인을 기다릴 겁니다. 기대해 주시기를!"

중년인의 인사를 끝으로 제단 주변에 몰려 있던 사람들이 뿔뿔이 흩어졌다. 그곳에서 사람을 산 자들은 중년인을 찾아가 그에게서 조그만 증패를 건네 받았다.

"야시를 떠날 때 돈과 함께 저 증패를 내밀면 돼요. 그럼 저들이 알아서 꽃단장을 시켜 손님의 집까지 데려다주죠."

나찰염요가 담우천의 곁에 바짝 달라붙어서 소곤거렸다.

"그러니까 지금 최선은 경매를 기다리는 것밖에 없어요. 그 경매에 언니가 나오기를 기다려야 하고 언니가 나오면 반드시 그녀를 사야 해요. 돈은 걱정 말아요. 광자 오라버니가 넉넉하게 주셨어요."

'으음, 녀석.'

그 누구보다도 담우천을 좋아하고 존경했기에 또 그만큼 배신감을 느꼈을 것이다. 그래서 매번 투덜거리지만, 늘 삐딱하게 굴지만 그래도 잔정 많은 무투광자였다.

"돈은 내게도 있다."

담우천은 가슴팍을 두드리며 말했다. 예전 북경부에서 도박으로 땄던 돈 대부분이 그의 품에 있었다. 그가 야시로 떠나기 전날 밤 소화는 자신 몫으로 받았던 돈까지 함께 건네며 말했다.

"혹시 모르니까 가지고 가세요."

그녀는 활짝 웃었다.

"이 돈 다 쓰는 한이 있더라도 반드시 언니를 구출해 오셔야 해요."

그때도 느꼈지만 담우천은 방금 전 들었던 나찰염요의 이야기에 감동을 받았다.

사람이다. 그게 인정이다. 살아간다는 것이다. 그리고 무투광자나 소화나 모두 한가족인 셈이다.

"좋아. 그럼 조금 느긋하게 구경하기로 할까."

담우천의 말에 나찰염요는 빙긋 웃더니 그의 팔짱을 꼈다.

"괜찮은 물건이 나왔나 구경 가죠, 그럼."


4. 야경


장터를 돌아다니다 보니 한 식경은 금세 지나갔다. 제단 위로 열 명의 여인이 줄에 묶인 채로 끌려나왔다. 아까보다 훨씬 많은 이가 제단 앞으로 몰려들었다. 여전히 배불뚝이 중년인이 사회를 맡았다.

여인들은 하나같이 아름다웠다. 역시 십대 초반부터 이십대 초중반까지, 꽃처럼 예쁘고 잘 익은 복숭아처럼 탐스러운 여인들이 반라로 제단 위에 서 있었다. 그녀들은 몸을 비비

꼬면서 가슴과 음부를 가리려 했지만 그럴 때마다 배불뚝이 중년인에게 얻어맞아야 했다.

"제대로 보여 드리란 말이다! 그리고 그렇게 가린다고 그 풍성한 젖가슴이 가려질 것 같더냐? 또 다리 꼬아봤자 네년의 그 흐벅진 허벅지가 안 보이더냐? 그러니 똑바로 서서 네 주인이 될 분을 찾으란 말이다!"

배불뚝이 중년인의 화술은 매우 뛰어났다. 제단 아래로 모여든 사람들은 그 중년인의 말에 따라 가슴으로, 허벅지로 연신 시선을 옮기느라 정신이 없었다.

하지만 담우천은 이내 실망한 표정을 지었다. 아름다운 여인들이었지만 그녀는 없었던 것이다.

"조금 후에 다시 오자."

담우천은 돌아섰지만 나찰염요는 고개를 저었다.

"저는 여기서 지켜볼게요."

"그럼 나는 한 바퀴 돌아보마."

담우천은 그곳을 떠났다.

배불뚝이 중년인이 요란하게 선전을 하는 소리를 등 뒤로 흘려들으며 그는 공터 주위를 어슬렁거렸다. 그의 눈길은 좌판과 노점의 물건들에 꽂혀 있었지만 그의 귀는 그 너머, 공터 주변의 매복자들을 향하고 있었다.

'대단하다. 육십 명은 족히 되겠군.'

공터 일대를 돌아다니면서 매복자들의 수를 확인한 담우

천은 내심 혀를 내둘렀다. 거기에다가 야행복을 입고 두건을 눌러쓴 문지기와 안내자들의 수까지 합치면 거의 백 명에 달했다.

그중 당경급 고수가 오십여 명, 그 아래가 삼십여 명, 그 위가 이십여 명이었으니 역시 나찰염요의 말대로 그들 사이를 헤집고 담우천의 아내 자하를 구출하는 건 꿈도 꾸지 못할 일이었다.

그렇게 공터 주변을 이리저리 돌아다니고 있을 때, 누군가 그를 불렀다. 담우천이 고개를 돌렸다. 주름 쭈글쭈글한 노인이 조그만 자판을 깔고 앉아서 그를 말똥말똥 쳐다보고 있었다.

"무슨 일이오?"

담우천이 묻자 노인은 누런 이를 드러내며 웃었다.

"아까서부터 쭉 지켜보았는데 벌써 세 번이나 이 자리는 지나치는구려. 그래, 뭘 찾기에 그리 헤매고 다니우?"

"노인장은 알 필요 없소."

"허어, 그러지 말고 이야기해 보슈. 이래 봬도 이곳 야시에서 오십 년 동안이나 장사를 해온 몸이유. 비록 파는 건 이리 형편없어도 그동안 듣고 본 건 적지 않으니까."

노인의 말대로 좌판에 펼쳐져 있는 건 가짓수도 그렇거니와 품질도 형편없어 보이는 물건들뿐이었다.

전설적인 약왕문(藥王門)의 비전으로 만들었다는 환약들,

금칠이 군데군데 벗겨진 서른여섯 개의 침, 고약한 향이 나는 풀들, 그리고 십여 권의 책자가 전부였다.

담우천은 미련없이 돌아서려다가 아직 시간이 꽤 남았다는 사실을 떠올리고는 노인의 앞에 쪼그려 앉았다. 그리고 환약들을 가리키며 물었다.

"이건 얼마요?"

"아, 사시게?"

노인은 활짝 웃으며 금박에 싼 환약들을 들어보였다.

"한 알당 은자 백 냥, 그것도 아주 싸게 파는 거외다. 이게 바로 소림사의 대환단보다 뛰어난 약효를 지녔다는 저 약왕문의 삼정활혼단(三鼎活魂丹)이라오. 원래 열두 알이 있었는데 다 팔고 네 알 남았소. 한 알당 백 냥이지만 다 사신다면 삼백 냥만 내시우."

약왕문(藥王門)은 담우천도 익히 잘 알고 있는 전설의 문파였다. 시조가 전국시대의 장산군으로 신농의 모든 진전을 이어받은 의생으로 알려진 인물이었다.

하지만 약왕문을 제일 유명하게 만든 사람은 이대 문주였으니 그가 바로 편작이었고 다시 칠대로 내려와 화타가 약왕문의 문주가 되었다. 이후 쇠퇴일로를 걷던 약왕문은 십육대에 이르러 약왕문을 사람의 뇌리에 각인시키는 문주를 배출했으니 그가 바로 구자청이었다.

구자청이라는 의선이 활약한 게 벌써 수백 년 전의 일, 이후 약왕문은 모래에 스며든 바닷물처럼 흔적도 없이 자취를 감췄다. 그런데 지금 저 추레한 노인이 약왕문의 이름을 팔면서 그 성분, 약효도 알 수 없는 환단을 두고 삼백 냥 운운하고 있는 것이다.

담우천은 어이가 없었다. 하지만 그는 다시 노인의 눈을 들여다보면서 물었다.

"정말 약왕문의 것이오?"

노인은 고개를 끄덕였다.

"어떻게 구하셨소?"

"약왕문의 전인(傳人)에게 구했다오."

"그 전인은 어디에 있는데?"

"허어, 별걸 다 물어보시는구려. 믿지 못하겠다면 사지 않으셔도 되오."

노인은 기분이 상했다는 듯이 환단을 내려놓았다.

"그럽시다."

담우천은 고개를 끄덕이며 일어나려다가 문득 생각이 바뀌었는지 품에서 전표를 꺼냈다.

"삼백 냥이오."

노인의 눈이 휘둥그레졌다.

"사시게?"

"그렇소."

노인은 여전히 믿을 수 없다는 얼굴로 담우천을 쳐다보며 말했다.

"방금 전까지 조금도 내 말을 믿지 못하더니 왜 갑자기 마음이 바뀌셨소?"

"허어, 별걸 다 물어보시는구려. 팔지 않겠다면 관두시오."

담우천은 조금 전 노인이 했던 말 그대로 돌려주었다. 노인은 멍한 표정을 짓다가 낄낄 웃으며 제 무릎을 쳤다.

"그렇지, 별걸 다 물어보고 있었군그래. 산다면 파는 게 장사꾼인데 말이야."

노인은 환단 네 알을 다시 금박에 싸서 건넸다. 담우천은 전표를 건네고 금박을 품에 넣으며 지나가듯 물었다.

"이곳에서 장사한 지 오십 년이나 되었다니 묻겠소. 그동안 이곳에서 싸움이나 칼부림이 일어난 적이 있소?"

"물론 있었죠. 사기니 뭐니 하면서 흥분해서 서로 싸우거나 칼을 겨루는 자들이 없을 리가 없으니까. 하지만 그런 소란은 금세 정리된다우. 야경(夜警)들이 나타나서 눈 깜짝할 사이에 그들을 데리고 사라지니까."

"야경이라면……."

"왜, 보셨잖수? 야행복에 두건으로 얼굴을 가리고 다니는 자들. 우리는 그들을 가리켜 야경이라 부른다우."

"흠. 고맙소."

담우천은 자리에서 일어났다. 노인이 돌아서 걷는 그를 향해 말했다.

"행여 싸울 생각일랑 전혀 하지 마시오. 그리고 만약 어쩔 도리 없이 싸우게 된다면 그 삼정활혼단을 잊지 마시고."

담우천은 아무렇게나 손을 흔들었다. 그리고는 다시 인신매매가 벌어지고 있는 현장으로 되돌아왔다. 막 두 번째 여인들의 경매가 시작되려는 참이었다.

"왜 이리 늦으셨어요? 안 그래도 찾아가려 했어요."

"그냥 돌아다녔다."

담우천은 나찰염요의 말에 아무렇게나 대꾸하면서 제단 위를 지켜보았다.

열 명의 여인이 좀 전처럼 줄에 묶인 채로 끌려나왔다. 그녀들의 얼굴을 일일이 확인한 담우천은 다시 실망스러운 표정을 지었다. 이번에도 그의 아내는 없었다.

아무래도 이런 식으로 그녀를 찾는 건…….

그런 생각이 들 때였다. 일순 담우천의 눈빛이 파르르 떨렸다. 그의 시선은 열 명의 여인 중 한 명에게, 그녀의 손가락에 정확하게 꽂혀 있었다.

"저건?"

그녀의 손가락에는 청옥으로 만든 반지가 있었다. 담우천이 목에 걸고 있는 것과 똑같은 모양, 무늬의 반지. 바로 그의 아내 자하가 늘 끼고 다니던 반지였다.

"왜 저 여인이 그걸……."

담우천이 앞으로 한 걸음 나섰다. 왜 그녀가 자하의 반지를 가지고 있는지 알아내야 했다. 그때 나찰염요가 그의 팔을 잡으며 만류했다. 담우천은 그제야 정신을 차렸다. 하마터면 경매 도중에 제단 위로 뛰어올라갈 뻔했던 것이다.

"왼쪽에서 두 번째 여인을 사야 한다."

담우천의 말에 나찰염요의 눈매가 가늘어졌다.

"언니인가요?"

"아니."

"그런데 왜?"

"저 여인이 내 아내의 반지를 가지고 있다."

왼쪽에서 두 번째 여인을 바라보는 나찰염요의 눈빛이 매섭게 빛났다. 그녀는 고개를 끄덕이며 말했다.

"사서 물어보죠. 어디서 얻었는지."

바로 그때였다.

"실례하오."

낯선 목소리가 그들의 등 뒤에서 들렸다. 담우천과 나찰염요가 동시에 뒤를 돌아보았다. 야경이라 불리는 자들, 야행복에 두건으로 얼굴을 가린 사내들이 서 있었다.

일순 불길한 기분이 담우천의 가슴을 스치고 지나갔다. 하지만 그는 침착하게 물었다.

"무슨 일이오?"

야경 중 우두머리가 나찰염요를 바라보며 입을 열었다.

"잠시 우리와 같이 가주셔야 되겠소."

나찰염요가 웃으며 말했다.

"지금 저 경매에서 반드시 사야 하는 물건이 있는데… 조금만 기다려 주시면 안 되겠나요?"

부드럽고 달콤한 미소와 말투. 그녀의 특기 중 하나인 미심최혼술이 펼쳐진 것이다. 순간, 야경들이 순식간에 몸을 날려 담우천과 나찰염요 주위를 에워쌌다.

"이곳에서 피를 뿌리기 싫으면 순순히 따라와라."

나찰염요의 미심최혼술이 먹히지 않았을까, 그렇게 말하는 우두머리의 목소리는 여전히 냉랭하고 차가웠다.

야경들이 내뿜는 살기에 주변 공기가 축축하게 젖어들고 있었다. 그 너머에서 배불뚝이 중년인이 외치는 소리가 희미하게 들려왔다.

"자, 두 번째 계집은 은자 만 냥부터 시작합니다! 손에 끼고 있는 청옥환(靑玉環)을 보시면 아시겠지만 이 계집은 금릉의 대갓집에서 고이 자란 규수로……."

담우천의 눈빛이 시뻘겋게 물들기 시작했다.

『낭인천하』 4권에 계속…

# 道德律 천애협로

촌부 新무협 판타지 소설
FANTASTIC ORIENTAL HEROES

『우화등선』,『화공도담』의 뒤를 잇는
작가 촌부의 또 하나의 도가 무협!

무림맹주(武林盟主), 아미파(峨嵋派) 장문인(掌門人),
군문제일검(軍門第一劍), 남궁세가(南宮勢家)의 안주인.

그들을 키워낸 어머니-
진무신모(眞武神母) 유월향(柳月香)!

어느 날, 그녀가 실종되는데…….

## "하, 할머니는 누구세요?"

무한삼진의 고아, 소랑(少兩)에게 찾아온 기이한 인연.

세상과 함께 호흡을 나눌 수 있다면[天地同息]
천하의 이치를 모두 얻으리라[天下之理得]!

이제, 천하제일인과 그녀가 길러낸
마지막 자손의 이야기가 펼쳐진다!

Book Publishing CHUNGEORAM

유행이 아닌 자유추구
WWW.chungeoram.com

원생 新무협 판타지 소설

FANTASTIC ORIENTAL HEROES

# 낭왕 귀도

# 신풍기협 神氣奇俠

FANTASTIC ORIENTAL HEROES

윤신현 新무협 판타지 소설

「수라검제」,「태양전기」의 작가 윤신현
우직한 남자의 향기와 함께 돌아오다!

사부와 함께 떠났던 고향.
기다리는 친구들 곁으로 돌아온 강진혁은
사부의 유언을 지키기 위해 강호로 나선다.
반드시 돌아오겠다는 약속을 남기고.

**"믿어라. 난 결코 허언을 하지 않는다."**

무인으로 살 것인가, 무림인으로 살 것인가.
고민을 안고 나아가는 강진혁의 강호행!

**신의 바람이 불어와 무림에 닿을 때,
천하는 또 하나의 전설을 보게 되리라!**

Book Publishing CHUNGEORAM

유행이 아닌 자유추구 -
WWW.chungeoram.com